代理屋《だいりや》望月流《もちづきりゅう》の告白《こくはく》

代《だい》理《り》屋《や》 望《もち》月《づき》流《りゅう》の告《こく》白《はく》

逢《あい》野《の》 冬《とう》

ILLUSTRATION：麻生《あそう》 海《かい》

代理屋 望月流の告白

LYNX ROMANCE

CONTENTS

007 代理屋 望月流の告白

211 蜃気楼

259 あとがき

代理屋 望月流の告白

望月流《もちづきりゅう》。職業『代理屋』。

空はよく晴れて、秋らしく澄んで高い。流は事務所兼住まいを出て、駅に向かっていた。

紺のボーダー柄長袖《ながそで》シャツとジーンズにスニーカー。手ぶらで、尻ポケットにスマホが刺さっている。ふらりと歩く姿だけ見ると学生のようだ。ゆるい癖のあるやや長めの黒髪、すっきりとした目鼻立ち。けれど、ガラス玉のように空を映すだけの黒い瞳が、どこか読めない表情を作っていた。

メインストリートに派手に掲げられた『歌舞伎町《かぶきちょう》一番街』の赤いゲートを抜け、信号が変わると人々は新宿《しんじゅく》駅方向に向かってぞろぞろ歩いていく。流もその人波に紛れて駅へ向かった。

「……」

大勢の人間の中に埋もれる。回遊する群魚の中の一匹のように、流もたやすくその景色に溶け込み、謎《なぞ》めいた眼差《まなざ》しは、穏やかな一般人の印象に変わる。

アルタ前の道路で信号が赤になり、流は止まりながら左隣の八百屋《やおや》に目をやった。

ポケットから百円を取り出し、割りばしに刺した櫛《くし》切りのパイナップルを手に、店の親父《おやじ》に金を渡す。

「これください」

「あいよ」

棚に陳列されているメロンやドリアンは、ほとんど近所のキャバクラやホストクラブに納品されていく。店頭販売のメインは切り売りのメロンやスイカだ。流は朝食代わりに甘い汁をしたたらせたパイナップルを齧《かじ》る。そのとき、信号が青に変わった。

地下への階段を下り、人がごった返す改札前を通り過ぎ、左奥へと進むと、エスカレーター横にコインロッカーが見える。左側は店が立ち並ぶ地下街で、まだ開店したばかりなせいか、人はそういない。

コインロッカーのところに、パステルピンクのワンピースを着た後ろ姿があった。

「……」

依頼人とは初めて会う。名前と、だいたいの外見しか聞いていない。流はしばらくその場に立ち止まり、パイナップルを頰張《ほおば》りながら眺めていた。

やがて振り向いた女性が、流を見つけてびくりとした顔をした。

「…あ……」

胸元までの茶髪ロングで、毛先は巻いてある。ばさばさのつけ睫毛《まつげ》に、くるりと丸く塗ったピンクのチーク、オペラピンクのリップグロス、膝上二十センチのミニドレスと前厚の白いヒール。典型的なキャバ嬢スタイルだが、けばけばしさはなく、小動物みたいなくりくりの瞳が可愛《かわい》い。

「…あのぅ……もしかして、流さんですか?」

迷うようにかけられた舌足らずな声に、流は食べ終えたパイナップルの割りばしを片手に答えた。

「うん…樹里亜《じゅりあ》さん？」

「はい。ああよかった、ちがう人に声かけちゃってたらどうしようって思って…」

ずいぶん早く来てくれたんですね、と樹里亜は丁寧に頭を下げた。

「すみません。よろしくお願いします」

樹里亜は巻いた髪を揺らして何度もぺこぺこと頭を下げる。緊張しやすい性格なのか、しきりに謝っていた。流は和やかな笑顔を見せ、のんびりと促す。

「ここじゃなんだから、店に入りましょうか」

「はい、すみません」

流はスフレケーキを目当てに女子で賑《にぎ》わう喫茶店へと樹里亜を連れていった。


「それで、ご依頼内容はどんなことですか？」

シックなレンガ壁で装飾された店内は、平日の午前中だというのに、若い女性でほぼ満席だ。樹里亜はアイスカフェオレを頼み、流はブレンドコーヒーを注文した。

聞いている依頼は〝弟役〟だ。

「はい…あの……」

樹里亜はピンクのアクセントカラーでデザインされたグッチのバッグから、ごそごそと紙袋を取り出してテーブルに載せた。まだ緊張しているらしく、表情が固い。

「実は…私のお兄ちゃんが友達のドローンを壊しちゃって…」

兄は競技用のドローンの練習場に通っていたのだという。雑木林や障害物のある中で機体を飛ばし、コントロール力と速さを競うものだ。最近のドローン人気で、郊外にはいくつもの練習場ができている。

「それで、そのお友達を怒らせちゃって……弁償しろって。わたしが代わりに謝りにいければいいんですけど…でも、わたしじゃ…怖くて……」

デパートの小さな紙袋を覗《のぞ》くと、やはり同じデパートの包装紙に包まれた厚さ二センチくらいの細長い箱が入っていた。形からすると商品券だ。

「でも、ぜんぜん知らない人からは受け取ってもらえないの。だから、流さんに、弟ってことにしてもらって、渡してもらえないかと思って……」

――〝兄〟じゃないんだろうな。

パステルピンクのネイルに、金色のキラキラしたラメが光る。ふわっとした甘い顔立ちとおっとりした話し方は、まるで原宿《はらじゅく》あたりにいる少女のようだが、実家で親兄弟と暮らしている子でないことは確かだ。

「お願いできますか？」

流の仕事は代理屋だったが、主《おも》な顧客はこの歌舞伎町界隈《かいわい》の人たちだ。

水商売を親や彼氏に言えない女性たちの、肉親代わりをやることが多い。

シングルマザーの子供の学校参観に父兄を装って出向いたり、郷里で行われる葬式に、配偶者として参列することもある。カタギをつかまえてこの街を出ていく風俗嬢の結婚披露宴で、架空の会社の同僚役をやったり、歌舞伎町という場所ならではの需要があった。

そんな依頼が多いから、仕事は紹介から紹介へと繋《つな》がることがほとんどだ。樹里亜のことは、以前仕事を受けたホステスの梨々華《りりか》に頼まれた。

場所柄、仕事は多い。ただその分、危ない案件も含まれている。

「…ふつう、友達ならお兄さん本人が弁償しにいきませんか？」

安易な受注は禁物だ。しごく当たり前な疑問を呈すると、樹里亜は困った顔をした。

「…本当に壊したのは、わたしなの」

睫毛とマスカラで縁取られた瞳をしばたたかせ、樹里亜はピンク色のタオルハンカチを握りしめた。

「お兄ちゃんには責任を取らせたくない。本当は、わたしが行かなきゃいけないの…でも…」

それもできない、と言うと、樹里亜は大粒の涙をこぼした。

「ごめんなさい。流さんに頼むのも違うってわかってるの。でも、肉親の役をやれる人じゃないといけなくて…だから、代理屋さんならって思って…」

「……」

「渡すだけだから。ボコられたりすることはきっとないから」

あとは黙って俯《うつむ》く樹里亜に、流は彼女の事情と背景を考えた。樹里亜は〝兄〟だと言い張るが、おそらく違う。たぶん、彼氏だ。ドローンを壊したことを責められて、弁償してこいと迫られたのかもしれない。もし、そんな風に凄《すご》む彼氏の友達というなら、やはり相手もカタギとは考えにくい。女性がひとりで行くには、怖いだろう…。じっと泣くのをこらえている樹里亜を眺め、流は軽くため息をついて答えた。

「わかりました。それで、弟だと名乗ればいいんですね？」

ぱっと樹里亜が顔を上げる。

「ありがとうございます。あの、名前は〝ひろき〟って名乗ってください」

ほんとにありがとうございます、と樹里亜は何度も礼を言い、相手が待つ場所と人相を詳しく話してくれた。


その場所は千葉《ちば》郊外にあった。流は頼まれた紙袋を手に京葉《けいよう》線の快速に乗った。昼間の電車は空《す》いていて、東京《とうきょう》駅から地下深くを走ると、八丁堀《はっちょうぼり》を過ぎてから地上に出る。海側が見えるシートに座ると、いくつもの倉庫やメーカーロゴの入った建物の合間に、海が見える。流はそれをぼんやり眺めた。

「……」

中途半端な時間帯だが、それでも沿線上にある水族館や遊園地のある駅に着くと、いそいそと親子やカップルが降りていく。駅から見えるおとぎの国のような施設は、流に子供の頃のことを思い出させた。

ホステスだった母が休みの日、母と同じホステス仲間に連れられて二、三度来たことがある。

朝早くから張り切って起こされ、夜のエレクトリカル・パレードまで、丸一日遊んだ。

母はハイテンションで、乗り物に乗ってははしゃぎ、道でキャラクターの着ぐるみに出会うと大喜びで飛び上がり、ハグをした。スーベニアポップコーンバケツを首から下げさせられ、耳のついた帽子を被《かぶ》って、着ぐるみと三人で携帯の写真に納まった。

夜空に花火が上がると、母は流の肩を揺すり「ほら、リュー！　花火！　花火だよ！」と大興奮で叫ぶ。

母は夢の国に憧れていて、あの嘘《うそ》くさい商業施設を、心から好きだったようだ。花火なんかほとんど映らなかった携帯の動画を何回も再生し、きれいだったのだと彼氏たちに話していた。

無邪気で、夢見がちで、強く、脆《もろ》かった母…。この駅を通ると、そんな、幸せだったような、切なかったような気持ちが甦《よみがえ》る。

——だからかな…。

樹里亜の依頼を、断れなかった。

代理屋を始めてから、もうそろそろ四年になる。事務所兼住居は雑居ビルの一室だ。昔、AVのDVD用倉庫だったところで段ボールがたくさん積まれており、その管理を引き受ける代わりに、格安で住まわせてもらった。

歌舞伎町の雑踏で育って、あの広くて狭い街の人間関係で、今の生活がある。ホステスも風俗嬢たちも、仕事絡みでいろいろ見てきた。

樹里亜は、たぶん水商売には向かないタイプだ。しれっと客をあしらったり、上手《うま》く引っ張って店に通わせるなんてことはできない。彼氏ができると尽くしてしまいそうだし、世渡りもヘタそうだ。

そういう危なっかしさが保護欲をそそるから、それなりに客は付くだろうけど、長く勤めると本気の客が増えて面倒が起きる。わずかな時間しか会話はしなかったが、そんなところが母に少し似ていた。

たとえ彼女がドローンを壊したのだとしても、女にわざわざ詫《わ》びにいかせるような男など、別れてしまえばいいのに…と思うが、そういう子に限って、いつまでもダメ男に尽くす。

母が、そうだったように。

「……」

リゾート駅を過ぎて、客は幕張《まくはり》へ向かうスーツ姿の男性ぐらいしかいなくなる。流はガラガラの電車で、見えなくなった海のほうを見つめ、やがてドローンの練習場がある駅で降りた。

駅から十五分ほど歩くと、河川敷がうまく雑木林と接続している場所がある。そこの土手横に、砂利で軽く整備された駐車場があり、車が何台か停《と》まっている。流はデパートのチェック柄の紙袋だけを手に練習場に近づいた。

公式のサーキットではないらしい。三人ほど男がいて、コントローラーを手にドローンを操作している。あたりにはブーンというプロペラ音が響いていた。

――ドローンて、けっこう煩《うるさ》い音がするんだな。

機体の大きさはまちまちだ。三十センチくらいのものから、両手で抱えるほどのものまであり、けっこうなスピードで上下左右に動きながら、木々の間をぶつからずに飛び、操縦者のところに帰ってくる。時々、焦って相手のドローンを追いかけ、枝を除《よ》け切れずに機体が制御を失うと、操縦者は顔をしかめながら態勢を整えなおしていた。

三人とも日差し除けなのか、つば付きのキャップを被っていて、流は歩きながら樹里亜の言った特徴の人物を探す。

《そこらのホストよりイケメンなの。すぐわかるわ》

人気アイドルグループの誰それに似ている…と名を挙げられていて、眺めていると、車に寄りかかり、煙草《たばこ》をふかしている男がそれに該当した。

無造作に散らしたうねりのある茶髪、深く開けた黒いシャツの胸元には、タグ型のシルバーネックレスが下がっている。勝気そうな、いかにも金持ちの坊ちゃんといった風体で、乗っている車は不似合いなレクサスだ。流はまるで散歩に出かけてきたような恰好《かっこう》のままで男のほうへ向かった。

「こんにちは」

「…」

「榎本《えのもと》さんですか」

榎本は顔を上げると、持っていた煙草を地面に投げ、踏みにじって消した。流はぺこりと頭を下げ、紙袋を差し出した。

「弟のひろきです。このたびは、兄が失礼いたしました」

「……」

「これ。お詫びです」

「……誰に頼まれた」

「兄に…」

固有名詞をあえて出さずに答えると、榎本はアイドル顔負けのくりっとした目でひと睨《にら》みし、ひったくるように紙袋を手にした。流は黙ってそれを見つめる。

「ふん…」

——半グレ系か…。

なんとなく、どこかで見かけた記憶のある顔だ。流はほとんど新宿界隈にいるから、覚えているなら、盛り場で会ったのだと思う。

ヤクザのような本格的な組織に入るわけでもなく、けれど群れて犯罪や、犯罪すれすれの行為をする連中だ。中途半端な分、始末が悪いので流は極力関わらないようにしている。

「じゃあ、おれはこれで……」

ぺこりと礼儀正しく頭を下げ、離れようとした瞬間、榎本の顔に緊張が走った。同時に鋭い声が背後から響く。

「動くな！　麻薬取締法違反で逮捕する！」

「！」

——…え？

「っ…！」

振り返ると同時に、榎本から突き飛ばされるように押された。榎本は車のドアを開け、エンジンをかけると猛烈な勢いでレクサスを発進させる。

バタバタと周囲に人が走りこんできた。どこにいたのかと思うほどの人数が潜んでいて、走り出す車を体当たりで止めようとしている。だが、車は派手にタイヤをスリップさせながら旋回し、左右にハンドルを切りながら砂利道を飛び出した。

「止めろ！」

「逃がすな！」

土手の下にいた黒い覆面パトカーが乗り上げて、猛スピードで迫る榎本の車両の前を塞ごうとしたが、レクサスはそれをかわして走った。河川敷の藪《やぶ》から走り出てきた濃いグレーのスーツを着た男た

ちは、姿勢を保ち、冷静に榎本の車両のタイヤを狙って発砲する。

ブーンというドローンの羽の音と、乾いた発砲音が河川敷の空に響く。

「…」

流はあっけにとられてそれを見ていた。すると急に腕を掴《つか》まれる。

「15時05分、現逮！」

「…おれ？」

ガシャッと手錠を嵌《は》められ、流はスーツ姿の男たちに取り囲まれた。

——逮捕…？

わけがわからなかった。

◆◆◆

流は取り調べを終え、拘置所に戻る廊下を歩いていた。かれこれ八時間近くのやり取りの間、座ったままだったので、膝がギシギシする。

「もたもたするな！」

犯罪者のように手錠に付けられた縄を引っ張られ、流は心の中で「まだ容疑者だろ」と思ったが、顔には出さなかった。反抗的な態度を取っても、相手に怒鳴る口実を与えるだけだ。

ガシャン、と派手に鉄格子の扉を開けられ、中に入ってから手錠を外される。そのまま出ていこうとする相手に、流はなるべく穏やかに尋ねた。

「あの、弁護士さんとか、そういう人って付けてもらえるんですよね」

確か、どんなに金を持っていなくても、国選弁護人というやつが付くはずだ。だが、相手はいかめしい顔のままそっけなく答えた。

「連絡を取りたい人間がいるなら、番号を言うか書くかしろ。そうしたらこちらから連絡を取ってやる」

「………」

財布も含めスマホなどの荷物は全部取り上げられた。アドレス欄さえ見せてもらえないのに、連絡先など暗唱できるわけがない。残念だが、こういうことについて知っていそうな知り合いには連絡できそうにない。

「…榎本さんは、なんて言ってるんですか」

「…」

「捕まったんでしょ？」

「お前が知る権利はない」

「…」

黙った流に、相手は何故《なぜ》か勝ち誇ったような顔をして鍵を締めて出ていった。

「……はあ……」

灰色の壁に寄りかかり、そのままずるずると床に滑り落ちるように座る。

——なんなんだよ……。

天井まで全部真四角な、ドラマのセットに出てくるような拘置場所で、天井には蛍光灯が煌々《こうこう》と点《つ》いている。窓もなく、廊下でちらりと見た限り、収容されている人数は多くない。

警察の管轄下にある留置場ではなかった。厚生労働省麻薬取締部——マトリが独自に持っている拘置所だ。

——まさか、麻薬を扱ってる奴だったとはね……。

運が悪かったと思う。おそらく、榎本はマトリにマークされていたのだろう。よりによって、自分が会った瞬間が逮捕時だったとは。

「……腹減った……」

恨みつらみを言う気力もなくて、呆《ほう》けたように天井を眺めた。

部屋は時計すらなく、窓も見えない。今が何時かは、廊下の雰囲気でしかわからなかったが、おそらく夜更けだ。

取り調べはぶっ続けで行われた。向こうは三人交代でちょいちょい休憩を入れるが、尋問されるほうは休みなしで、途中にお情けのように弁当を支給されただけだ。

——まあ、何言ったって信じてもらえるもんじゃないよな。

住所はグレーゾーンぎりぎりの会社が持っている倉庫。公式の職歴はなし。納税はしたことがない。およそ真っ当な都民と見なされないのは自分でもわかっている。いくら榎本とは初対面だと言い張っても、使い走りとして頼まれた品を渡しただけだと説明しても、そう簡単に釈放とはならないだろう。

樹里亜から頼まれたことは正直に言った。彼女のところにも捜査の手は伸びているだろう。もし、彼女が何も知らなくて、ただ男に言いくるめられて運び屋をやらされていたのだとしたら、いずれそのことはわかるはずだ。

けれど、おそらく自分は釈放にはならない。

――マトリは、メンツを気にするからな。

誤認逮捕など絶対認めないだろう。逮捕した以上、実際にやっていようがいまいが、やったことにされる。特に、自分のような怪しい経歴の人間など、端《はな》から犯罪予備軍だと思っている。取り調べも、筋書きありきで進んでいるのがミエミエだった。

いつもあの場所を選んで取引をしていたのだろう。誰から仕入れた？ いくらもらった？ 連絡方法は、顧客ルートは…。知るわけもないことを次々と聞かれ、知らないと答えると机を叩《たた》いて威嚇《いかく》された。

「……まいったよなあ」

最終的に、なんでもうん、うんと認めれば、調書は勝手に出来上がる。有罪にはなるだろうが、刑務所は食事も出るし屋根もある。ヘタに身元をつつきまわされるよりいいと思う。

――でも、知らないことには答えようがないし。

マトリは麻薬の入手経路を知りたいらしい。そこまで摑んでいなくて、売人の榎本と接触する人間を挙げるつもりであの場所を張っていたのなら、流に聞くのは筋違いだ。

――樹里亜の彼氏は、わかってたのかな。

順当に考えれば、榎本に麻薬を渡していたのは樹里亜が〝兄〟だと言っていた男だろう。

毎週のようにドローンの練習に来ていて、榎本と面識もある。そして、危ないと睨んだからなのか、今回だけわざわざ自分ではなく別の人間に渡しにいかせた。

――今頃、逃げてるかもしれないけどね。

ただ、そうなると自分の冤罪《えんざい》は証明しにくくなる。

「……甘かったな」

依頼を受けるとき、何か違和感は覚えていたのだ。なのに、情にほだされて引き受けた自分の甘さを反省する。

ドローンを壊したのに、弁償が現金ではなく商品券というのはおかしな話だ。百貨店で売っている商品ではない。それに、よく考えればあのときの樹里亜の様子はおかしかった。たかが詫びの品を渡しにいくのに泣くなんて、どう見ても変だ。

――彼氏に、脅されてるのかと思って同情したんだけどな。

勝手に推測して、余計な情をかけた自分の甘さはみっともないと思う。見た目がふわふわして見えるだけで、本当はしたたかな一面があるのかもしれないのに、読み違えたのだ。

「……」

仕事に甘い判断を入れた自分の、自業自得だ。

「高いけど、いい勉強代か……」

刑務所の中は、犯罪をおかさない限り中を見ることも経験することもない。受刑者に関わることも、その暮らしを見ることも、今後のいい財産になるだろう。どうせ、まともなサラリーマンという人生はないのだ。前科は、さほどハンディにならない。

ただ、問題は冤罪だということだ。いくら尋ねられても、麻薬のルートについてはわからない。

――まあ、榎本が吐けば、そのうちわかるか。

榎本の自白を待つしかない。それに、もしかして運よく樹里亜の男が挙がれば、ことによっては無罪が判明して、釈放になるかもしれない。

勾留期間は十日だ。最大に延長しても二十三日だと、しょっ引かれたことのある黒服に聞いたことがある。

流はごろりと冷たいコンクリートの床に転がった。明かりは二十四時間消してもらえないので、眩《まぶ》しくてもこのままで眠るしかない。

「あと半月以上、あの弁当だったらやだな……」

高圧的なマトリと顔を合わせるのも、白米ばかりの不味《まず》い弁当を食べ続けるのもうんざりで、流は顔をしかめて眠った。

◆◆◆

神田氷月《かんだひづき》は身分証明証を提示し、敬礼を受けて拘置施設に入った。

身長百七十五センチ。濃紺にストライプの織りが入った上質なスーツを着こなす姿はモデルのようだが、武道を嗜《たしな》むせいか、やや筋肉質だ。

シャープなラインの頬、彫りのある目鼻立ちで、時々神経質そうにプラチナフレームの眼鏡《めがね》を指先で触れた。眼光は厳しく、黙っていると不機嫌そのものに見える。受付で要件を伝え、しばらくロビーで待ったが、その間も受付官は神田の表情に申し訳なさそうな顔をしていた。

「お待たせしました。麻薬取締部の多門《たもん》です」

近づいてきた男は、食えなそうなドライな眼をした男だった。歌舞伎役者のような、何にでも化けられる素地の整った顔だ。わざとらしくサラリーマン風に撫《な》でつけた髪も、細身でさりげなく身体《からだ》のラインを見せているスーツも、神田は好きになれない。

「捜査一課の神田です」

わざわざ恐縮です、と言われて手を差し出されたが、握手の手はスルーした。

「で、望月は？」

「取り調べ中です」

行きますか、と多門が先導し、神田はひと気の少ない廊下を歩いた。

「……」

犯罪の中でも、麻薬の取り締まりだけは特殊だ。警察の他に、厚生労働省管轄の麻薬取締管、通称「マトリ」が捜査・検挙に当たっているため、捜査は時にバッティングする。

警察と違って麻薬捜査官は囮《おとり》捜査も可能で、警察とは手柄を競う部分もあり、極端な言い方をすればライバル関係にある。今回の容疑者はマトリが追っていた獲物で、警察は本来手出しをしないはずだった。

横やりを入れることになったのは、被疑者の榎本が国会議員の息子だったからだ。

「榎本の死体は…」

「家族に渡した。密葬だそうだ」

「…そうですか」

榎本輝毅《てるき》は、他殺体で昨朝大田《おおた》区で発見された。死因は頭部被弾による失血死。呼吸が止まってから海に投げられたらしい。目撃者はなく、付近に勤務するホテル従業員がたまたま海岸に浮いていた死体を見つけて通報してきた。

検死の結果、死亡原因となった拳銃は32口径。至近距離から撃たれたと推測されている。

――口封じされたか。

誰が手を下したのかは、まだ判明していない。だが、大臣を歴任した現職議員の息子が半グレに交じって暴れまわり、あまつさえ薬物取引に関わったというのは、なんとしても世間から隠しておきたいらしい。あらゆる方面から圧力がかかってきて、この件は警視庁が取り上げることになった。

これ以上、マトリに捜査させないためだ。

もちろん、警察もこれ以上捜査はしない。マトリから容疑者を取り上げ、うやむやに終わらせるのが目的だ。だから榎本が殺害されたのを理由に、捜査一課が担当することになった。この一件はただの殺人事件に切り替えられ、未解決事件として終わる。

自分の部署で握り潰さざるを得ないことに、神田も腹立たしさを覚えるが、組織の決定に逆らえないのはマトリと同じだ。

「こちらです」

多門は取調室の隣のドアを開けた。取調室からは鏡に見える、マジックミラーのある小部屋だ。神田は薄暗い部屋から、スチール机を挟んで取調官に向き合っている青年を見た。

「現在のところ従順ですが、肝心のルートについては一切吐きません」

色白な肌。すっきりとした目鼻立ち。不愛想な表情をしているが、真っ黒な瞳は、何故か犬を思わせる。

「……」

ペットショップにいる、甘ったるく愛想を振りまく犬ではない。捨てていく飼い主をじっと見つめるときのような、戻ってくるはずのない飼い主を待ち続けるような、どこか感情を消し去った犬の眼に似ていた。

何故そんな眼をするのだろう。自分はやっていないというのなら、もっと必死で訴えればいい。マトリに逆らえないと絶望するのなら悲しめばいいし、憤っているのならそういう顔をすればいいのに、彼はそれをしていない。目の前に迫る現実から目をそらさないまま、まるで諦めたかのように静かに状況を見つめているようだ。神田にはその視線の理由がわからなかった。

捕まっても仕方がないという経歴や諦観があるのか、抵抗するだけ無駄だという学習があるのか。

——何故だ…？

「身辺は洗っていますが、まだ今のところ密売ルートにも、榎本にも引っかかる部分が見つかっていません」

「こちらでも調べてある」

「…」

神田はガラスの向こうの流から目を離さずに答えた。多門は一歩下がったところで控えている。

——……。

望月流は地方から上京し、大学を中退している。それ以降の記録はない。最後の住民票は、通っていた大学の近くにあるワンルームマンションになっていた。大学二年まで居住の記録はあるが、すでに賃貸契約は切れていて、引っ越し先はわかっていない。

流は、時に怒鳴りつけられる取り調べにも淡々とした様子だ。黙秘はせず、問いかけにはきちんと返事をしている。

神田は、自分の中で流はシロではないかと読んでいた。

ここに来る前に、聞き込み捜査はしている。流は新宿界隈の水商売連中を相手に、そこそこの商売をしていたらしい。そう難航することもなく本人に関わった人物に行き当たった。

《流ちゃんは、危ないものには手を出さないわよ。そういうの、わかってる子なの》

樹里亜に流を紹介したというホステスは、きっぱりとそう言い切った。梨々華という女だ。

あの巨大歓楽街には、ヤクザだけでなく、外国勢や半グレも含めた複数の勢力が存在している。安全に商売をするなら、どこかに所属して利益の一部を上納する代わりに守ってもらうのが一番だ。けれど、所属をするということは、その他の勢力との接触は制限されるし、流のような稼業となると、危ない仕事も請け負わざるを得なくなる。

流はそのどちらも選ばなかった。どこにも所属しない代わりに、危ない仕事は受けない。仕事を引き受けるのは、もっぱら水商売の女たちや、ホストたちからだ。いざというとき流に身内の代役を頼めるので、店の黒服たちも彼を重宝し、安全なものに限り、店に来る客の依頼も紹介してやっているらしい。

自分からガツガツ仕事を取りにいくタイプではなく、物にも金にも執着しない。女にも入れあげず、空気のような透明感がある…。評判を聞く限り、わざわざリスクを負ってまでクスリに手を出す動機が見当たらなかった。

流の「知らずに榎本への届け物を引き受けただけ」という主張は、真実のような気がする。

だからこそ、流の態度が理解できなかった。無実だというのなら、何故この状況を受け入れるのだ。

——そもそも、榎本が手に入れるはずだった〝ブツ〟が見つかっていない。

マトリが焦って尋問を続けるのはそのせいだ。車両五台で取り囲んでおきながら、榎本の捕縛に失敗して逃走され、次に発見されたときはすでに死体となっていた。

流が渡したというデパートの包装紙にくるまれた物に、麻薬は入っていなかった。逃走経路上で見つかったのは、正真正銘デパートが発行した商品券だけだ。麻薬そのものがない以上、取引にはなっておらず、流も榎本も罪には問えない。

「……」

ちらりと視線だけで多門を見る。取り澄ました顔はしているが、心中は蹴り上げたくなるほど不満を抱えているだろうというのがわかる。

ホシを挙げられなかった挙句、捜査は警視庁に奪われる。地道に榎本をマークし、クロだと確信して逮捕に踏み切ったのに、ここで捜査を絶たれるのだ。臍《ほぞ》を嚙《か》む思いだろう。だが、苛立《いらだ》つ気持ちはこちらも同じだ。

——法治国家が、聞いて呆《あき》れる。

榎本に絡む密売ルートの追及は上から禁じられた。

──挙げられたらまずい連中が混じってるんだろうな。

政治家一家に育った榎本には、政財界の子弟たちとの交友関係がある。彼らが麻薬を買った〝客〟として摘発されることを恐れた措置だ。

わかっていても捕れない。封じられた事件の陰で、のうのうとのさばる犯罪者がいるのだ。このやり切れない気持ちは、多門の腹の中とおそらく同じだ。

心の中が熾火《おきび》のようにくすぶる。神田はその未昇華な怒りを、違う方向から捜査することで決着させようとしていた。

警察やマトリが動かずとも、消えた麻薬の行方を捜す連中がいる。

榎本は麻薬の売人だった。普通なら売人は末端の人間で、利益は暴力団などの元売りや仲卸と呼ばれる中間業者たちにかなり持っていかれる。だが今回は違った。マトリが把握している限り、榎本は暴力団との接点はなく、単独でどこからかブツを仕入れ、独自の密売ルートを展開していたらしい。

榎本がそうした組織の下に付かずに商売をしていたのなら、入手方法は正当な取引ではなかったはずだ。

──暴力団内部か、関係者の横流し品だと見ていい…。

組の中で、麻薬を掠《かす》め盗《と》り、こっそり榎本に売ることで小銭を稼いでいた者がいるのだ。お互い、組や中間業者に利ザヤを取られない分、儲《もう》けが出る。

しかし暴力団にとって麻薬は重要な資金源だ。組はなんとしても裏切り者を捜そうとするだろう。

同時に榎本の顧客も手に入れようとする。

榎本が死んだ今、誰が彼に麻薬を売ったか、掠め盗られた組が聞き出せるのは流しかいない。

「望月流を釈放する」

神田は多門を振り返った。これは〝餌《えさ》〟だ。

「榎本が消された以上、必ず食い付く連中がいる。奴らはこちらが何もしなくても尻尾を出す」

捜査は続ける。その意志を示すと、多門は唇の端を上げた。

「そういうことですか…」

ご協力しますよ、と薄暗い部屋で多門は微笑を浮かべる。神田は、マジックミラー越しの流をもう一度振り返った。

どこか透明感のある、静かで語らない瞳。無関係なのだとしたらとんだ災難だろうが、協力をしてもらわなければならない。

「新宿署に移送させる。手続きを取ってくれ」

「…わかりました」

多門は部屋を出ていった。

◆◆◆

新宿警察署で流が釈放されたのは、とっぷり日が暮れた夜七時だった。取り上げられていたスマートフォンと財布を返してもらい、一言も謝られることなく突然放免となった。

「……」

一階ロビーの自動ドアを出ると、外には警棒に防弾ベストを着た制服警官が立っていて、じろりと視線を投げられる。流はため息をついて建物を後にし、駅に向かって歩いた。

周囲を見回すと、自分の身の上に起きた天変地異など嘘のように、世の中は逮捕前と何も変わっていない。ロータリーではバスとタクシーと一般車両が次々と走っていくし、駅に近づくにつれて家電量販店の明かりが眩しく、路上は賑やかに歌う少年やら、行き交う人であふれている。

「……なんだかなあ」

自分ひとりに降りかかった災難だとはわかっていたけれど、実際に平和そのものの社会を見ると徒労感に襲われる。こちらは冤罪での服役を覚悟するほどの大事件だったのに、世の中はそんなこと知ったことではないのだ。

釈放されたのは警察署だ。管轄が変わった理由も、榎本が何を話したのかも、何ひとつ教えてもらえず、いきなり当然のように放り出された。

「ごめん…くらい言ってもいいんじゃない？」

ぶつくさ言ってみるが、聞く相手はいない。流は二度目の大きなため息をつき、地下への階段を下りた。

世界一乗降者数が多いといわれている新宿駅は、昼より夜のほうが明るくてきれいだ。人は次々と改札口に吸い込まれるように歩いていく。流は地下鉄の入り口から一番近い飲食街に入り、立ち食いそば屋の発券機にコインを入れた。

今は、とにかくちゃんとしたものを食べたい。

サラリーマンに混じってかき揚天そばをすすった後、地下街からそのまま歌舞伎町方向に向かう。

――五日かあ。

冷蔵庫の中の牛乳は腐っているだろうか。そんな心配をしながら歌舞伎町のゲートの前で地上に上がる。

夜の歌舞伎町はきれいだ。道路もビルも、古ぼけた部分や汚さは夜の闇に消え、ネオンと色とりどりのライトが見せたいものだけを照らし上げる。

「……」

観光客、会社帰りの飲み会。映画を見にくる若者。客引きの黒服。派手に化粧をした女。量販店の大音量とライトアップされた看板。偽りの華やかさを振りまくのは、母が憧れた夢の国と、少し似ている気がする。

――とりあえず、一回帰るかな。

事務所兼住まいは、歌舞伎町の奥まった一角だ。ラブホテルとホストクラブが林立する間にある小道沿いの雑居ビルだ。隣が酒屋で、一階には不動産屋が入っている。

平日の七時台はどの通りも威勢がいい。ひっきりなしに人が歩いていて、どこからもパチンコ屋並みの賑やかな音楽が聞こえてくる。ひさしぶりの空気の中、シャッターが閉まって明かりが消えた不動産屋が入るビルに着いた。

足元の暗い急な階段を上ると、踊り場のない急階段で、最上階の三階にあるのが流の事務所だ。階段の目の前にある鉄の扉には四角いガラスがはめ込まれた窓が付いていて、流は目隠しに内側からカレンダーを貼っている。廊下はビルの窓から入る街灯やネオンの明かりで、そこそこ汚い床までちゃんと見えた。

銀のドアノブに、財布にキーホルダーで留めてある鍵を差し込み、回してみて流は手を止めた。

――鍵がかかった？

出かけるとき、鍵は閉めていったはずだ。あまり生活に頓着するほうではないが、契約上まだ電話回線といくつかのＤＶＤ在庫を預かっている。仕事の絡みがある以上、そこはきちんとやっていたはずだ。流は呼吸を止め、そのまま動かずに扉の向こうの気配を探った。

「……」

ぴっちり貼った目張りのカレンダーが、少し透けて見える。何がしかの明かりが部屋の中に点いているのだ。五日前に出ていったときは午前中で、照明器具は点けていない。

身動きをせずに逡巡《しゅんじゅん》し、流は音を立てずにそっと鍵を引き抜いた。今は、とにかく一度ここから離れたほうがいい。

静かに鍵を財布に戻しながら後ずさる。一歩、もう一歩と下がったとき、カチリとドアの施錠を開ける音がした。

「逃げんじゃねえよ…」

「…！」

開かれたドアからは、首を傾《かし》げ気味にし、不敵に凄む男たちの姿が見えた。

大ぶりに結んだネクタイ、ホストのように派手な光沢のスーツ、夜だというのに視界が効かなそうなサングラス。わかりやすくカタギではない連中に、誰だなんて誰何《すいか》するほど馬鹿ではない。

左胸に突っ込んでいた手が出たと同時に、パシュッ、と消音された銃声がし、硝煙の匂《にお》いだけが鼻についた。

「――ッ！」

咄嗟《とっさ》に膝を折った。それが功を奏したのかどうかわからないが、被弾はしていない。

――本気か？

弾は壁に当たって音を立てた。サイレンサーなんて、発砲する瞬間の音を消すだけで、当たる音まで消してくれるわけではない。

――てか、分析してる場合じゃない。

流は反射的に手すりを摑んで階段へと身をひるがえしていた。

「追え！」

指示する怒号と同時に、バタバタといくつもの足音が駆ける。流はほとんど数段ずつ飛び降りるように階段を下りた。こういうとき、急でまっすぐな階段というのはありがたい。

逃がすな！　という叫びが聞こえる。流は頭で考えるより先に、本能的に一階まで走り抜けた。

一方通行の狭い路地に飛び出し、駅に向かおうとメイン通りに顔を向ける。だがいきなり左側から腕を摑まれた。

「こっちだ！」

「！」

拒否する間もなく、身体ごと引っ張られる。摑まれた腕の先には眼鏡をかけた、やけに顔の整った男がいた。

「走れ」

「ちょ、ちょっと……」

有無を言わさず腕を取られ、ほぼ引きずられるように走り出した。階段から追ってきた連中は、下りるとすぐに流たちに気付いたようだ。

「いたぞ！　あっちだ！」

「逃がすな！」

複数の怒号と駆け足に、通行人が驚いて除ける。流は腕を摑む相手が誰かを確認する余裕もなく、ひたすら追っ手から逃れるために走った。

一方通行の道路は区役所通りと交差している。角々ではホストたちが客引きで立ち、黒塗りの高級車から、配送用のバン、タクシーがノロノロと信号に合わせて発進する。流を連れた相手は、速度を落として走っている車の前を横切り、右折する車体を飛び越えるように走り、追いにくいほうへと方向を変えた。クラクションが鳴り響くが、走る速度は緩む様子がない。流は付いていくので精一杯だ。

「おれ……持久力はちょっと……」

「ガタガタ言わずに走れ!」

ジャケットの裾《すそ》をひるがえして走る相手は、相当な体力がありそうだ。返事をする声が平気そうで、息を切らしている流を、時々振り返る余裕がある。

人を蹴散らして追ってくる連中との距離を測り、男は靖国《やすくに》通りまで出ると、信号の切り替わりを見て道路を渡り切り、タクシーを拾った。後部座席に流を放った男は、自分が乗り込むと平然と行先を告げる。

「西新宿方向に行ってくれ、途中で指示する」

「かしこまりました」

タクシーは流れに乗って走り始め、みるみる追っ手の姿が見えなくなった。

「…あんた、誰?」

取り澄ました横顔を眺め、流は息が収まってから尋ねた。男はジャケットの内ポケットから警察手帳を出して掲示した。

「警視庁捜査一課の神田だ」

新宿署の入り口で立っていたおまわりさんとはだいぶ違う。

神田は外国人のメンズモデルのように整った顔をしていて、仕立てのよさそうなスーツや靴などの身なりからはいかにも〝金に困ってません〟という臭いがした。

――刑事さん、ねえ…。

交番にいる警察官と、私服の刑事との職階の違いすら、流にはあまりよくわからない。黒服たちから、時々潜伏捜査している奴がいる…と聞くぐらいだ。

神田は手帳を内ポケットにしまうと、眉間に皺《しわ》を寄せた顔を向ける。

「狙った連中と面識はあるか？」

首を横に振る。神田のしかめ面は地なのか、変化する様子はない。

「発砲音がしたのは、お前が何かしたからか？」

これにも首を横に振る。

「いきなり撃たれたんだよ…」

眼鏡の奥の瞳が、探るようにじっと流を見た。

「…何も聞き出さずに消すというのは解《げ》せないな」

何かあるはずだという神田の視線に、流は不満を込めて返す。

「何度も言っただろ。知ってることは取り調べで全部しゃべったよ」

神田の後ろの車窓からは、新宿西口のビル街が見え始めた。

まだ疑われていることにうんざりする。

「勝手に勾留されて、五日ぶりに部屋に帰ったら見知らぬヤクザが勝手に部屋に入ってて、おれは殺されかけたんですけど…」

被害者はおれのほうじゃないのか、とため息に込める。だが神田はそれに答えず、運転手にホテルハイアット リージェンシーに行くように命じた。

「しばらく俺が保護する。今日はそこに泊まれ」

「……勾留場所が変わっただけじゃん」

流の嫌味はきれいに無視された。


新しい〝拘置場〟は豪華だった。

落ち着いた織色の絨毯《じゅうたん》に木目の腰壁。分厚いカーテンをめくると、高層階ならではの夜景が臨める。

流が眼下の絶景を眺めていると、神田がばさっとベッドに上着を投げた。

「……」

ベッドは二つ並んでいる。神田は壁側のベッドに腰かけていた。ジャケットと共布のベストの上にホルスターを装着していて、拳銃が見える。流はカーテンを開けたまま神田のほうに向きなおった。

「ほんとに警察ならさ。ふつう、あっちの連中を逮捕しない？」

神田が顔を上げる。

「だって、そうだろ。発砲したのが聞こえたんだよね。あの場合、捕まえて職質でしょ。ちがう？」

いろいろと、面白くない。理不尽な目にあわされたのに、一言の詫びもなく上から目線で一方的に決められるのが嫌だった。

それに、神田に助けられたとも思えない。そもそも、何もしていないのにヤクザが撃ってきたのだ。あの連中を逮捕するほうが筋ではないか。だが神田は微塵《みじん》も表情を変えない。

「あちらはマトリが担当した。お前の担当が俺だっただけだ。放置したわけじゃない」

「…無罪で釈放じゃないってことか」

「榎本は売人だ。どこからかブツを仕入れなければ売れない」

「だから、おれじゃないって散々言っただろ」

神田は煙草に火を点けて立ち上がった。

「お前の住処《すみか》で待ち受けてた連中は、そう思ってなかったようだな」

「そっちに聞いてくれよ」

「問答無用で消そうとした連中だ。どちらかというと揉《も》み消したい側なんだろうな」

「…」

あのときの発砲は、かなり本気だったと思う。狙いは頭部だった。たまたま運よく避けられただけだ。相手に躊躇《ためら》いは見られなかった。

「榎本は消された」

——え……。

神田の手にある煙草から、煙が薄く立ち昇っている。神田の声は低かった。

「お前が最後に渡したものはただの商品券だ。ブツはまだ見つかっていない」

取り調べの間中、どんなに榎本のことを聞いても、何も教えてもらえなかった。

——向こうは向こうで調べられてるのかと思ってたけど。

マトリは捕り損ねたのだ。メンツがあるから教えてくれなかったのだろう。だが、殺されたというのはどういうことだ…。

「ブツを流してた奴はお前に罪を被せて口を拭いたいだろうし、掠め盗られた側はブツを取り返したい。榎本がいない以上、掠め盗られてた連中が売り先を知りたいと思ったら、お前に当たるしかない」

ゆっくりと神田が立ち上がる。流はそれを黙って見た。

「つまり、お前を狙う奴はひとりじゃないってことだ。だから警察が保護する」

「……餌ってことだろ」

何が保護だ。要は鍵を握っていそうな奴の前に自分をぶら下げて、誰が食い付くかを調べるための囮じゃないか…。流はそれを〝保護〟だと恩着せがましく言う神田を睨んだ。

——ありがたがれ、ってか？

ふざけるな、と思う。同時にもうそれは決定事項で、覆せないのだともわかる。

餌は撒《ま》かれてしまったのだ。警察は未決着のまま流を釈放した。神田の言う通り、榎本が握っていたはずの情報とブツが取り返されるまで、流も狙われるだろう。無関係だと主張したところで、こうやって狙われる以上、解決してもらわなければ命がない。

「……」

汚いやり方だ…と思う。逃げられないとわかっている相手をわざわざ敵の前に晒《さら》す。それで無事に真犯人とブツが見つかったとしても、神田たちの手柄になるだけだ。

——そしておれは危ない奴から〝保護して〟もらったことになるんだろ。

捜査のためなら当然、という態度も、何もかも命令して当たり前だという傲慢さにも腹が立った。けれど、それを口にしたところで、神田はなんとも思わないのだろう。

権力機構の側にいる人間はそういうものだ。

——それに、相手はおれだしな。

これが清く正しい一般市民だったらもっと対応は違うのだろう。たとえ歌舞伎町の連中でも、例えば樹里亜あたりだったら、この男だってもう少し気を遣《つか》うに違いない。

〝カタいお勤めじゃない奴〟の扱いなんてこんなものだ。そう思うと心の中で上げかかった拳が、しゅわしゅわと潰れていく。流は低く息を吐いて、ボーダーの長袖シャツを脱いだ。

「風呂、先に使わせてもらうわ」

――せいぜい、贅沢《ぜいたく》なホテルの風呂を堪能させてもらうよ。

「税金でいいとこ泊まらせてもらうんだしね」

「……」

黙ったままの神田を後目《しりめ》に、流はガラスでシャワーブースと仕切られた、優雅なバスルームに向かった。

◆◆◆

流がバスルームを占領している間、神田は電話で多門と連絡を取った。

「そちらはどうだ」

『黒嶋《こくとう》会の若い連中でした。中野《なかの》もいました』

黒嶋会はいくつかある大きな暴力団会派の傘下にある組織だ。それなりに歴史はあるが、組としての規模は小さい。シマは新宿ではなく、他所《よそ》で揉めたくないと見えて、早々に引き上げたという。多門はとりあえず身元だけ確かめ、引き続き泳がせたと言いながら樹里亜の名を出した。

『部下に接触させていたのですが、樹里亜のほうからアクセスしてきたようです。望月流に会わせてほしいと言っています』

流に商品券の受け渡しを依頼した樹里亜は、流の勾留直後から参考人とされていた。だが、多門の部下の報告によると、樹里亜は麻薬に関してはまったく知らず、交際相手に中野という人物が浮上した。

中野飛来《ひらい》は黒嶋会の若手幹部候補だ。組に忠実で、若頭からの信頼も篤《あつ》い。多門の部下は、中野をマークするために樹里亜をあえて任意同行とせず様子見としている。

『樹里亜は、望月の逮捕を知って自分が自首すると言い張っているようで…』

流は関係ない。全部自分の責任だと取り乱しているらしい。樹里亜に接触している部下は、まったくブツの行方を知らない樹里亜の主張を取り合わず、なだめにかかっているという。

樹里亜はただのキャバ嬢だ。言動からして出頭させてもたいした成果は得られないだろう。だが、中野に繋がっていることは確かだ。

——望月を消しに来た面子《メンツ》に中野がいる。

樹里亜に商品券を渡すよう指示したのが中野で、流を消しにきたのも中野なら、奴がクロだと見るのが筋だろう。だが中野は組の若手の中では出世株だ。麻薬の横流しなど、バレたら自分の命が危うくなるようなことをわざわざする理由がない。

しかし、組が流を疑っていて情報を吐かせようとするなら、まず生かして拉致するはずだ。

流を殺そうとしたのは、組の指示なのか、中野の独断なのか…。

『どうしますか…?』

——ぶつけてみるか…。

神田は煙草の煙を吐き出し、多門に指示する。

「連れてきてくれ。望月に会わせる」

樹里亜が何かを語るかもしれない。もしくは、樹里亜を通して中野が動く可能性もある。どちらにしても、なんらかの化学反応が起きるだろう。神田は場所を指定し、通話を切るといつまでも長風呂を決め込んでいる流をバスルームから叩き出した。

◆◆◆

「人使い荒いな。保護してくれるんじゃないわけ？」

「してるだろう。急げ」

風呂から上がると、髪を乾かす暇もなく連れ出され、流は眉を顰《ひそ》めてよれよれのボーダーシャツを着なおした。スタスタと部屋を出て、エレベーターで下りる神田に口を尖《とが》らせる。

「わかってると思うけど、おれ、ムショ出たばっかりで疲れてんですけど…」

「拘置所だろう。受刑者と一緒にするな」

「たいして変わんないって言ってんの」

「……」

——たいした面《ツラ》だよ。

文句なんかどこ吹く風だ。もう十時過ぎだというのに当たり前のように連れ回される。そちらは職務だから何時でも厭《いと》わず働くのだろうが、こちらは一般人だ。

「よい子はさ、寝る時間でしょ」

「…少しは黙れ」

「……」

煩そうに睨まれ、仕方なく黙る。吹き抜けのロビーに下りると、神田が視線を巡らせた。

アイボリー、茶、黒の六角形のタイルが規則正しく並ぶロビーはスタイリッシュで、この時間でもまだちらほら人の姿がある。周囲を見回していると、エスカレーター横にいた男が軽く頭を下げた。きっちり黒髪を撫でつけ、細身のオーダースーツを着て、食えなそうな顔をしている。その陰から樹里亜が顔を出し、こちらを見つけると大きな瞳をさらに見開いた。

「流さん！」

連れてきた男の制止を振り切って、樹里亜は前厚のヒールで走り寄ってくる。ふわりとした乙女っぽいメイクは相変わらずだが、泣き顔はぐしゃぐしゃだった。

「流さん、ごめんなさいっ、わたし…っ」

「樹里亜さん」

こんなことになるなんて、と樹里亜は駆け寄ってからタオルハンカチで目元を覆ってまた泣き出した。追いかけてきた男は、苦手そうに顔をしかめ、嗚咽《おえつ》する樹里亜を見ている。

「わたしが…わたしが逮捕されなきゃいけないのにっ…」

「樹里亜さん」

そっと肩に手を置く。拘置所では樹里亜を疑ったが、やはり彼女は自分が最初に思った通りの子なのだと思う。

謝罪を繰り返して泣くが、肝心な情報は何も持っていなさそうだ。

——神田も、だから会わせたんだろうな。

鍵は、樹里亜が〝兄〟だと言った男だ。流は、黙って見ている神田たちの意図を理解しながら、聞き出し役を押し付けられたことに、心の中で反発する。

「樹里亜さんは何も悪くないじゃん。おれと一緒で、何も知らなかったんだよね？」

よしよし、と頭を撫でると、金色に近い茶髪を揺らして樹里亜がすすり上げる。

「…でも…でも、流さんを…ひどい目にあわせて……わたし…っ」

代わりに逮捕してもらうために自首するつもりでいた、と彼女は言う。

「でも、深澤《ふかざわ》さんに『そんなバレバレの嘘ついてもダメだよ』って怒られて」

「深澤さんって誰？」

「私の部下です」

口を挟んだ男を見ると、一重の切れ長な眼をした男が慇懃《いんぎん》に会釈をした。

「麻薬取締部の多門です」

身分証を軽く見せ、ここではなんだから、とカフェに誘導する。けれどホテル内の喫茶はラストオーダーの時間を過ぎており、外に出ることになった。流は樹里亜と並びながら、神田のほうを振り向いた。

「適当な店に入るよ。どうせあんたたち、くっついてくるんだろ？」

せめて店を選ぶ権利くらいよこせよ、と思いながら、泣きじゃくっている樹里亜の肩を支え、ホテルを出た。

都庁があるオフィス街は、夜は静かだ。秋風は長袖でも少し寒いくらいで、街灯の明かりがくっきりとアスファルトを照らしている。

「樹里亜さん、寒くない？」

「うん…だいじょうぶ」

樹里亜はノースリーブのワンピースにアンサンブルニットを羽織っている。仕事着のようにも見えるけれど、彼女の好みなのだろう、フリル裾で少しゴシックロリータ風だった。

二人でとぼとぼと西新宿方面に歩く。確か、その先にファミレスがあるはずだ。後ろの男二人は少し距離を置いてついてきているようだが、癪《しゃく》だから、後ろはあえて気にしない。

「……刑務所、大変だった？」

心配そうに見上げる樹里亜に笑う。

「拘置所だよ。まあ、そうだね、弁当はくそ不味かった…」

「……ごめんなさい………」

俯いて歩く樹里亜に、流は考え考え尋ねた。いきなり核心をついては駄目だ。相手は構えて頑《かたく》なになる。

「…あのさ。なんで〝弟〟だったの？」

ひろきという名前まで用意されていた。素直に代理ですと言えない理由はなんだったのだろう。

樹里亜は、少し黙ってから覚悟したように口を開いた。

「〝身内に持ってこさせろ〟って言われてたの。お前の身内は把握してるぞ、母親でも兄弟でもいい、身内を使えって…」

「榎本に？」

樹里亜はこくりと頷《うなず》く。

「わたし、電話でそう言われてるのを聞いてて。マイクにしてるわけじゃないのに、離れてても聞こえるくらい怒鳴られてて……」

お前の身内の顔と名前をきっちり憶えといてやる。逃げられると思うなよ、と榎本は凄んでいたという。

「〝お兄ちゃん〟のほんとの弟が、ひろき君なんだ？」

こくん、と樹里亜は俯いたまま肯定した。

「お兄ちゃんてさ、誰？」

足が止まる。樹里亜は黙ったまま答えない。

「彼氏？」

みるみる浮かぶ涙に、同情すると同時に、後ろの連中に有益な情報ばかりを聞き出すのに嫌気がさした。なんだって、自分がこんな役をやらなければならないのだ。

流は微笑《わら》った。

「名前なんて、言わなくていいよ。おれは釈放されたし、もう気にしてないから」

「流さん…」

「でも、もし樹里亜さんが黙ってるの辛《つら》かったら、言って」

ここで洗いざらいしゃべったと見なされれば、彼女は解放されるだろう。名前を挙げなくても、きっと交際相手くらい見当がついているのだと思う。

あとは、彼女だけが抱えている情報があるかないか、後ろの二人が気にしているのはそれだけだと思う。

樹里亜はハンカチを握りしめながら話し始めた。

「幼馴染《おさななじみ》だったの。中学に上がる頃に引っ越しちゃって、それっきりだったんだけど、東京《こっち》に来て、偶然再会して……」

優しい人なのだと、樹里亜は幸せそうに言う。流はその告白を黙って聞いた。

「ほんとは、すぐ一緒に暮らしたかったんだけど、それはできなくて…でも、結婚しようって…そのために、お金を貯《た》めるって」

既婚者じゃないのか、と危惧すると、それを読んだかのように樹里亜が微笑《ほほえ》んで顔を上げた。

「二人で、外国に住むの。だからお金が必要なのよ。不倫とか、そんなんじゃないの」

「へえ…外国」

「うん。日本だとね、いろいろ、大変なんだって。わたしも、ここで暮らすの…ちょっと辛いし、外国って、なんだか素敵そうだし。だからわたしもお金を貯めようと思って今のお店に勤めてるの」

前職はアルバイトで、牛丼屋の店員だったのだと言われて、面白くていろいろ尋ねた。

「大変じゃない？　ワンオペとかさ、ニュースになった系列とかあるじゃん」

「うん。わたし、そこだった。それで、ちょっと危ない目にあって……」

口ごもる様子に、それ以上聞いてはいけない気がして黙ると、取り繕うように樹里亜が笑う。

「でも、そのとき飛来に助けてもらったの、それが再会したきっかけで…あ」

うっかり名前を口にしたことに気付いて、樹里亜は両手で口元を覆った。流は気付かないふりをして歩き出す。

「そうかあ。いいなあ。幼馴染……」

「流さん…」

「ねえ、榎本が死んだの、知ってる？」

「え…」

「殺されたらしいよ。口封じじゃないかな」

なんでもない会話に乗せて言うと、立ち止まったまま樹里亜は身を竦《すく》ませている。背後には、数メートル程度離れた神田と多門がいた。ぎりぎり、話が聞き取れる距離だ。

「〝お兄さん〟も、危ないかもしれないね」

「流、さん……」

「おまわりさんはさ、捕まえるだけが能じゃないから。助けてくれることもあるんだよ」

——ああ、おれ、ほんと嫌な役だ。

協力する気なんてないのに、結局神田たちの利益になることをしている。

——でも、仕方ないじゃん。

樹里亜の彼氏は生きている。このままでいると、もしかしたらそいつも殺されるのかもしれない。

「あのとき、おれが渡しにいったのは、ホントに商品券だけ？」

「……」

街灯の下で、樹里亜の金色がかった茶髪が光っている。黒い大きな目が涙で潤んでいた。

「依頼されたときさ、ドローンを壊したのは樹里亜さんだって言ってたね」

「……」

「ほんとは自分が行かなきゃいけないって」

本当に危ないとわかっていたのなら、わざわざこうして謝りにくるくらいだ、樹里亜は自分で行っただろう。

命じられてやったことなのか、その彼氏は捕縛があるのを知っていたのか…。発端を問うと、樹里亜はべそをかくように眉根を寄せて白状した。

「飛来は毎週、ドローンの練習に行っていたの。わたしは置いてけぼりになるのが嫌で、連れてって言ったけどダメで……」

それでよく喧嘩《けんか》になったのだという。貴重なデート日を奪われた樹里亜は腹を立て、預かっていた機体を隠した。

「腹いせだったの。困ればいいと思って、電話にも出なかった…。でも、家に帰ったら部屋がめちゃくちゃになっていて…」

どこへやった…と彼氏は凄み、ものすごい形相で慌てていたそうだ。

「約束をすっぽかしたら俺は殺される、って怯《おび》えてて…それで、わたし、とんでもないことをしたんだとわかって……」

部屋で暴れまくっていたとき、榎本から電話があったらしい。

「俺の顔を潰してタダで済むと思うな、って怒られてた。待ってる奴らがいるんだって怒鳴ってて」

その〝奴ら〟というのは、末端のユーザーだろう。クスリは売人にとって大事な商品であると同時に、中毒者にとっては切れたら死活問題になる代物だ。

飛来はすぐに届ける、と謝ったらしい。

「でも、それじゃダメだった」

榎本は身内に届けにこさせろと言い張った。

「怖気《おじけ》づいたんじゃないだろうな、今更お前だけ抜けられると思うなって…そのとき、身内を巻き込んでやるって言われたの……」

都庁前の道路は、明るいだけでほとんど車通りがない。樹里亜の舌足らずな声は、後ろの男たちにも聞こえているはずだ。

「樹里亜さん…」

「そんなことをしてるなんて知らなかった。わたしは、毎週、ただ遊びにいってるんだと思ってた」

樹里亜はがばっと頭を下げた。

「ほんとにごめんなさい。流さんに渡してもらって、その間に飛来に逃げてもらえればって…そう思って……まさか、逮捕されるなんて、思わなくて……」

「……」

流は目を見開いた。樹里亜は、運ばせたものが何かを知っていたのだ。予想外の告白に言葉を失って黙る。そのとき、歩道の横を車が猛スピードで走ってきて、派手なブレーキ音を上げ、停車と同時に左側のドアが開いた。

「樹里亜！」

「飛来！」

あ、と思った瞬間には、樹里亜の手は運転席から引っ張られ、転がるように車内に入っていた。車両は、ドアを閉める前からアクセルを踏み、流はその場から一歩も動けないまま、樹里亜を拉致した車を見送った。

「待て！」

背後の男二人が叫んでいる。いったん走り出したがすぐにやめ、構えを取ってタイヤに発砲しているが、車は信号を無視し、センターラインを越えて右折した。

神田はすぐに追跡を中止し、スマホから署に連絡している。

「車両追跡だ。ナンバーは…」

走り寄ってきた多門は、厳しい表情をしていた。やがて手配を終えた神田が苦虫を嚙み潰したような顔をして近づいてくる。

「逃がしやがって…」

「止められる状況かどうか、見てたでしょ」

おれは刑事《デカ》じゃないんだから、と反論するが、まるで流のせいだとでもいうように不機嫌だ。

「長々と余計なことばかり聞きやがって。誰が馴《な》れ初《そ》めなんか聞けって言った」

「あんたね…そもそもおれに探偵の義務なんかないだろ」

聞きたきゃ自分で聞けよ、と言い争っていると、多門が苦々しそうに詫びた。

「申し訳ございません。これはウチのミスです」

プライドの高そうな多門が、神田に直立不動で頭を下げる。

「樹里亜はシロだと報告を受けていました。だが、彼女は中野の横流しを知っていた…」

「中野？」

間抜けな声を上げると、神田が不機嫌な顔のまま補足する。

「中野飛来…樹里亜の交際相手だ」

「ああ…」

なんだ、あんたたちちゃんと目星が付いてたんじゃないか、と言うと、多門は一瞬唇を引き結んだ。

「あの女を深澤に一任していた私の落ち度です。もう一度、洗い直します」

車両追跡は警察にお任せしますので、と厳しい口調で言い、多門は一礼すると足早に去っていった。


新宿署は、ホテルから数百メートルしか離れていない。流は神田に引っ張られながら、釈放されたばかりの警察署に戻り、車両追跡の結果を待った。

車は乗り捨てられていた。盗難車で、用心深いことに幹線道路からも監視カメラのある場所からも離れた場所で停められ、中野と樹里亜はいなくなっていた。

神田は二人の捜索を所轄に任せ、一通りの手続きを終えると中二階のソファで待っていた流のところに上がってきた。そこは忘れ物や落とし物を引き取る場所で、ベンチのような長椅子《いす》がいくつも並んでいる。

「帰るぞ」

「十二時過ぎちゃったじゃん」

「それがどうした…」

――待たせたなぐらい、言えないわけ？

このワーカーホリックめ、と心の中で毒づきながら、警備に立つ警官の敬礼を受け、自動ドアを出ていく。

――おれひとりのときと、えらい違いだよね。

「どうした」

「いや、あんたはお偉いさんなんだなと思っただけ」

「……」

神田は黙って歩いている。どうやら、ホテルまでは徒歩らしい。公官庁とオフィスが多い西口は、人通りもなくあたりはすっかり暗く静まっていて、真夜中でも煌々としている歌舞伎町とは対照的だ。ぐるりと円形に設置されている交差点の信号機だけが、くそ真面目に緑、黄色、赤と交互に点滅を繰り返す。神田に付いて歩きながら、流は不思議に思ったことを口にした。

「ねえ、警察って、マトリとは仲悪いんじゃないの？」

「……」

「なんで多門と組んでんの？」

「お前には関係ない」

にべもなく切り捨てる言葉にカチンときて、流は立ち止まった。

「あんたさ、それはないんじゃない？」

神田も歩みを止めて振り返る。流は溜《た》まった不満を吐き出した。

「都合のいいとこだけ協力させて、最低限のことを教えてもらえなきゃ、こっちだって動きようがないだろ」

感情的にならず、冷静に神田を見る。この先も、こうして小出しに情報を出されて振り回されるのは御免だと思った。

「さっきもそうだろ。あんたたちは樹里亜の彼氏が誰だか知ってて、おれだけが知らなかった。知ってたらもっと聞きようがあったのに、チャンスを潰したのは自分たちなんだって、わかってる？」

「……………」

「あんたたちは仕事だからで済むだろうけど、おれは勝手に命かけられてるんだよ。都合のいいことだけ情報開示されるなら、おれは今後何も協力なんかできないよ」

自分は犯罪者ではない。社会的には格差があるかもしれないが、少なくとも、一方的に道具扱いされるいわれはない。

「ちゃんと教えてくれよ。勝手に振り回さないでくれ」

たかが元・容疑者が何を言ってるのだと頭ごなしに怒られるかもしれないと予測していたのに、神田は少し驚いた顔をしてから短く息を吐き、俯いた。

「…そうだな。悪かった」

意外な単語を耳にして、毒気が抜かれたような気分だ。

神田は真摯《しんし》な視線を向けてくる。

「手持ちの情報はなるだけ開示する」

ただ、路上では無理だ、と言われ流は頷いた。

そのまま歩き出した神田に付いていくが、なんだか肩透かしを食らった気分だ。

——もっとガチガチに〝警察なんだから当然〟っていう奴かなと思ってたのに…。

こんなにあっさり謝られると、その後どう言えばいいのかわからない。

「……」

林立する高層ビルに囲まれて歩きながら、沈黙が続いた。

神田が内ポケットから煙草を取り出し、流はそれを眺めた。ビル風を遮るようにライターを覆う手は、骨張った色気を感じる指をしている。

流は、ぎくしゃくした空気を変えるように話題を探した。

「路上喫煙って、駄目なんじゃなかったっけ」

「見逃せ…」

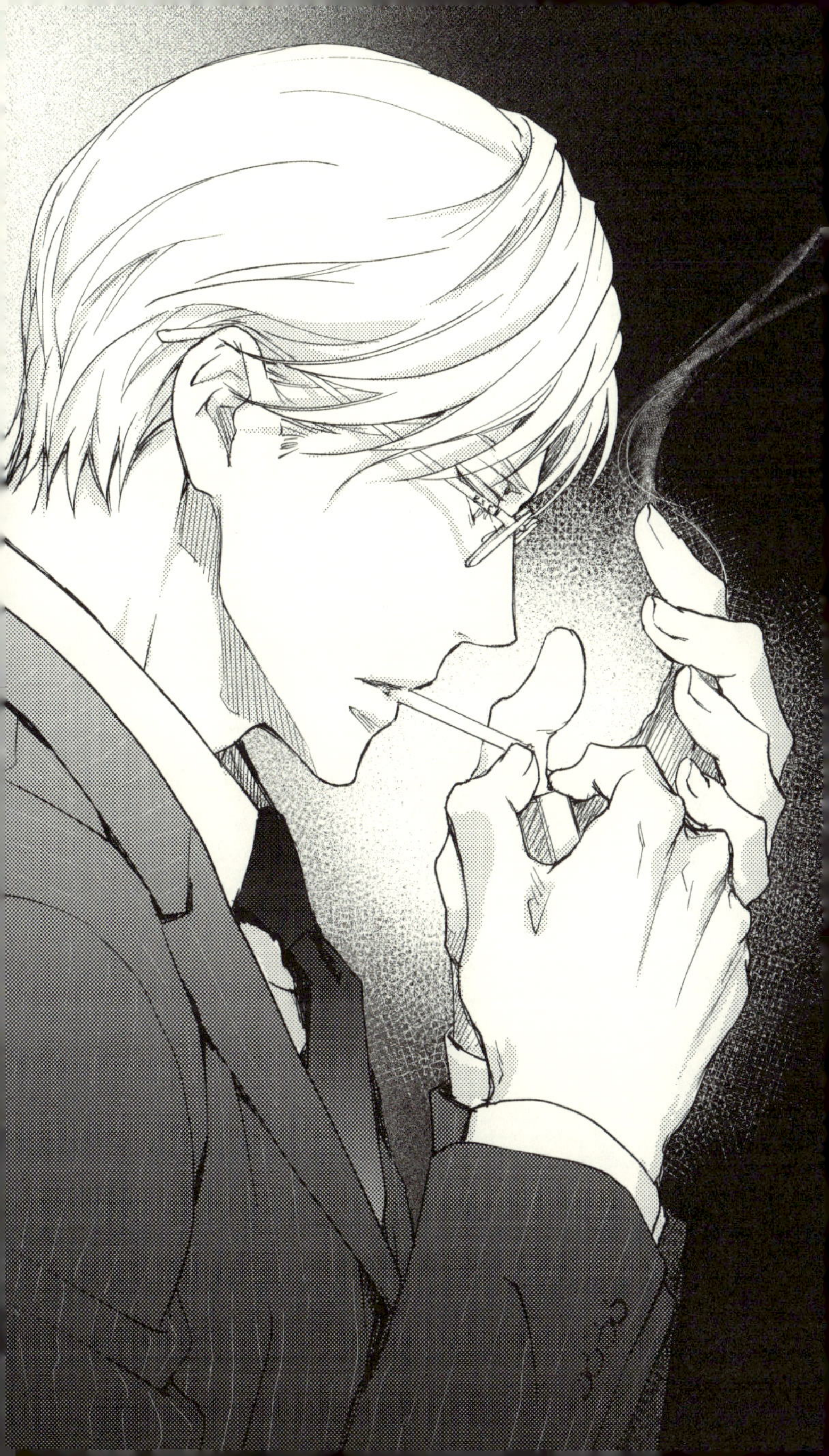

信号は守るくせに、自分都合でルールを変える神田に流は笑う。神田はそれを眺め、美味《うま》そうに煙を吐く。

何気ない会話が、少しだけ空気を和ませた。

「署内が禁煙だからな」

「張り込み中とかはさ、長時間禁煙てときもあるだろ」

「仕事中は切り替えができる」

「今はオフなのか」

「…厳密には、仕事中だ」

夜風に時々ジャケットの裾がなびく。

——サマになる男だよな。

スリーピースが嫌味なく似合う。腰の位置がやたらと高いから、本当にモデルのように見えるのだ。

——刑事って、もっと泥臭いイメージだけど…。

「捜査一課って、普段何してるとこ？」

興味本位で尋ねると、神田がしばらく考えた。

「殺人関係が多い」

「ふうん…」

「今回のは殺された榎本が絡んでいたから、仕方なく引き受けた案件だ」

榎本は、見た目通りのお坊ちゃまだったらしい。神田は煙草をくゆらせながら、多門のほうの事情も話した。いつの間にか路上での説明も解禁になっている。

「マトリの陣容は多門しか知らない。だが、あの様子だと深澤とやらは、樹里亜にほだされてるのかもな」

「なんでそう思うんだ？」

灰を落としながら、神田はちらりと都庁を見上げた。

「庇《かば》ったんだろう。だから、樹里亜の不利になるようなことはあえて上司に報告していなかった。彼女が麻薬取引を知っていたのと知らなかったのでは、事情がかなり違う」

だから多門は顔色を変えたのだ。

ポケットから携帯吸い殻入れを出し、神田はきちんと煙草をしまう。

「お前も、樹里亜にはずいぶん優しかったじゃないか」

「あんたがあのくらい可愛げを出したら、あんたにも優しくしてやるよ」

笑って言うと、神田も含んだように目を伏せて笑う。

神田の向こうに、白銀の月が見えた。

◆◆◆

「情報を整理しよう」

翌朝、神田は流を起こし、朝食を取りながら今後の方針を話し合うことにした。

ホテルブッフェのレストランは新宿中央公園を臨むガラス張りの明るい造りで、品揃《ぞろ》えがよく、美味《おい》しいと評判だ。その朝食を目当てにやってくる旅行者や女性たちで、レストランは賑わっている。

流は眠そうに目をこすりながらも、じっくり吟味して料理をセレクトしてきた。

スクランブルエッグにケチャップをたっぷり載せ、グリルされたソーセージにもチーズをとろりとかけている。デニッシュ、フルーツ、ヨーグルト、コーヒー。トレイから若干皿がはみ出している。

「よく食うな」

「拘置所でだいぶダイエットしたからね」

いただきます、と流は両手を合わせ、神妙な顔をしてからフォークを手にした。神田は、コーヒーとバタートーストの朝食で、流の食べっぷりを眺める。

「……」

「なに？」

「いや……」

ガラス越しに、やわらかな朝日が色白の流の頬を浮かび上がらせる。流は思っていたより品のよい食べ方をする男で、フォークの使い方が、妙にしっくりしていた。

「洋食派か」

思わず口にすると、ソーセージを一口大に切って食べていた流が顔を上げる。

「まあね。あんたもだろ？」

「いや、俺は普段は和食だ」

こういうところの和食は、味噌汁《みそしる》が口に合わない…と言うと、流はふーん、と感心する。

「そんなに味違う？　あ、おふくろの味とか言うもんね」

「そうかもな。母親が関西育ちだから、出汁も味噌も関東の味は未《いま》だに馴染めない」

「どう違うの？」

「出汁は昆布出汁だ。こっちでは鰹《かつお》とか煮干しだろう。味噌も、うちは白味噌だ」

「ふーん。面白いね」

流の態度はよくわからない。

垣根なく誰とでも親しげに話すし、まるで最初から何もかも諦めているかのように従順になるが、ではなんでも言いなりになるのかといえば、譲らない一線ははっきり主張してくる。

昨夜の流の言葉で、知らないうちにこちらの都合だけを押し付けていた自分に気付かされはっとした。

流がなんだかんだ言いつつ状況を飲み込んで立ち回ってくれるのを、どこかで当然のように思い始めていた。麻薬横流しの嫌疑を晴らしてやるのだから、捜査協力は当たり前だと思ってしまっていたし、民間人に捜査上の情報など、教える必要はないと思い込んでいた。

そうやってわけがわからないまま渦中に置かれる流の気持ちを、少しも考えていなかったのだ。

流の静かな不服従の視線が、いつの間にか傲慢になっていた自分を気付かせ、そして流を都合のよい駒《こま》としてしか見なかったことを反省させられた。

「……」

流は言いなりになる人形ではない。指示に従っているからといって、感情がないわけでも、考えがないわけでもない。ただ、こちらの意図を把握する能力があるから、先回りして考え、そして黙っているだけなのだ。

それに気付いてからは、流が何を考えているのか、探りながら会話をするようになった。その分、捜査とは関係ない会話が増える。

「このパン、美味い」

レーズンとカスタードクリームをたっぷり含んだパン・オ・レザンだ。おかわりをしよう…と流は立ち上がり、戻ってくると、手には二枚の皿があった。

「はい」

ことん、とコーヒーの脇にデニッシュの載った皿が置かれる。

「なんだ」

「食べたそうに見てたじゃん」

あれ、違った？　と屈託ない笑い方をされ、神田は黙って甘いパンに手を出した。

本当はあまり甘いものは好きではない。けれど、せっかく持ってきた流に、すげなく返すのは何故か気が進まなかった。

食べなくても、流は特に何も言わないだろう。勝手に持ってきたんだしね、とでも言いそうだ。けれどどこか、口に出さないところでがっかりされるのではないかという気がしてならない。

自分でも、どうしてそう思うのかわからない。

カスタード生地の甘さをブラックコーヒーで誤魔化《ごまか》して流し込み、神田は本題に入った。

「まず、今現在わかっている情報だ」

ひとつ。殺された榎本は誰かから麻薬を買い受け、それを知人や遊び仲間に売っていた。

さらに、それを渡していたのは黒嶋会の若手幹部候補、中野飛来だろうということ。

「飛来って、ヤクザだったのか…」

どうりで樹里亜さんが口を濁したはず…と流が納得している。

「まあな。一緒に住めば飛来の女だということで組にも知られるし、対外的にも樹里亜に危険が増す」

もっぱら中野のほうが樹里亜のマンションに通っていたらしい。二つ目は、樹里亜が話していた内容だ。

「中野が麻薬を横流ししていたとして、怪しいのは〝ドローンの練習場〟だ」

実際、榎本を逮捕しようとした場所もドローンの練習場だった。多門の情報によると、榎本はあちらこちらの練習場に顔を出し、ドローンを飛ばしていたらしい。

「だが、中野との接触は摑んでいなかった」

土日ともなれば、大人から子供までたくさんの競技者が来る。来場者ひとりひとりの身元を選別することはとてもできなかったが、それでも榎本に接触する人間はすべてマークしたという。その中に、中野はいなかったのだ。

「でも、おれが頼まれた商品券に、クスリは入ってなかったんだよね」

受け渡し現場を押さえられなかったのが、この混沌《こんとん》の原因だ。

〝ドローンの練習場〟は受け渡し場所なのか、二人が接触せずに渡せる方法があるのか。

「ドローンに荷物としてブツを括《くく》り付けるってのは？」

流がヨーグルトを食べながら言う。

「なんだっけ。通販でアレで配達するとかいうのも、検討してるんでしょ？」

「荷物があったら、張り付いていた多門たちでも気付いただろう」

「あ、そっか…」

ドローンに載積しても、結局受け渡しをするなら、荷物を取り外す瞬間ができてしまう。第一、同じ練習場にいるなら、手渡しのほうが目立たない。

榎本は操縦者としてはなかなかの腕前だったらしい。本気で入れあげている部分もあったのだろう。コントロール力に長《た》け、競技会でも名を馳《は》せている。

「アリバイ工作だった可能性もあるが、今のところ、中野との共通点はここしかない」

そして三つ目は、中野自身の身辺だ。

「お前を待ち伏せていた連中の中に、中野がいた」

多門から転送してもらった本人画像をスマホで見せると、流は声を上げた。

「あー、こいつ、おれを撃った奴だよ」

「間違いないのか」

流はヨーグルトスプーンを片手に、画像を拡大して覗き込む。

「うん。サングラスしてたけどね、骨格はこのまんまだよ」

なんだ、こいつが樹里亜さんの彼氏かあ…と流は呑気《のんき》に言った。

「すると、中野は榎本と取引があり、そしてお前を消そうとしたことになるな」

単純に考えれば、口封じだ。榎本が死んだ以上、あとは流を殺せば、麻薬を横流ししたのは流だったことにしておける。

「中野はさ、どっからそのクスリ手に入れたんだろうね」

「組だろう」

「それ、いいわけ？」

「よくはない」

組は絶対捜査させないだろう。だが、中野が手に入れられるとしたら組の内部からだ。

——しかし何故だ？

中野は幹部候補だ。組を裏切るような真似《まね》をする理由はどこにあるだろう。

そう考えているときに、昨夜、流に話していた樹里亜の言葉が浮かんだ。

《二人で、外国に住むの。だからお金が必要なのよ。不倫とか、そんなんじゃないの…》

――それが理由か…？

「神田？」

はっと我に返ると、流が顔を覗き込んでいる。

「なんでもない。まず、黒嶋会から洗ってみる」

殺されかけている流を連れて出向くのは危ない。

「お前は部屋にいろ」

「えー、軟禁？」

スプーンをくわえてげんなりした顔をする流に、神田は軽く笑っていなす。

「また走らされるのは嫌だろう？　調べた内容は教えてやる。戻るまで好きなだけ風呂を使えばいい」

流は不思議そうな顔をしていた。

◆◆◆

ちゃぽん、とバスタブで水面《みなも》に腕を落とす。入浴剤の入ったいい匂いの湯が跳ねて、流はそれをぼうっと眺めた。神田に言われた通り、暇なので長風呂をしている。ジェットバスのスイッチを押して泡を作ったり、寝そべったり起き上がったり、気ままな風呂遊びだ。

「豪華だよなあ……」

育ったアパートやマンションは、基本的にユニットバスだった。足を縮めないと入れず、お湯はすぐ冷めてしまうのでそもそもシャワーばかりだったし、湯船に浸《つ》かりたければ、ポットにお湯を用意しておき、継ぎ足さなければすぐ寒くなった。

――……。

麻薬の取引だとわかっていながら、自分を代役に出した樹里亜のことを、憎むことができない。

「夢、見てたんだろうなあ」

中野と外国で暮らすのだと、幸せそうに言っていた。きっと本気なのだ。本当に中野と高飛びするつもりで、流を榎本のところに行かせている間に、中野を逃がす気でいたのだろう。

けれど、中野は組に残っていた。

「でも、樹里亜さんを拉致りにきたしな」

まだ警察でも行方は摑めていないらしい。流は、二人に逃げ切ってほしいと思う。

誰かを犠牲にしてまで中野を助けようとした樹里亜を、幸せにしてあげてほしいと、つい思ってしまうのだ。

――現実にさ、そんな甘い筋書きがあるとは思わないんだけど。

ヤクザは、身内の裏切りを許さない。それこそ命で贖《あがな》わされるだろう。逃げ切らない限り、樹里亜は恋人を失う。それでも、あまりああいう女性が泣くところを、見たくない。

「神田、いい情報持ってきてくれるかな」

幸せな結末がいい…と思う。おとぎ話のように〝めでたしめでたし〟で終わる話がいい。

「……だめかな」

その場にいない神田に語り掛け、流はずるずるとバスタブの縁に頭をもたせかけて目を閉じた。


「おい！　何やってんだ」

「え…う、わ…寒《さ》っみー」

肩を揺すられて目を覚まし、流はすっかりただの水になったバスタブで寒さに震えた。神田は少し焦った顔をして風呂の栓を抜き、分厚い白のバスタオルを持ってくる。

「シャワーを熱めにして、しばらく浴びてから出てこい」

「うん…」

「バスタオルはここに置いとくぞ」

「うん…ありがと」

すっかり身体が冷えている。コックをひねると適温のお湯が勢いよく降り注いでくるが、しばらく寒さで震えていた。

言われた通り長めにシャワーを浴び、バスタオルを腰に巻いて出ていくと、神田はベッドサイドに腰かけて煙草を吸っていた。

バスローブをぽんと放られ、両手で受け取る。

「ありがと」

「水になるまで寝てるバカがどこにいる」

「ほんとだ」

笑って答えたが、神田のしかめ面は変わらない。

「…そんなに疲れてたのか？」

少し気遣うような声が不思議だ。

「俺は自分で言うのもおかしいが、体力はあるほうだからな。虚弱な奴の感覚はわからない」

大丈夫なのか、とやや本気で心配しているので、流はなんだかおかしくて笑った。

「もしかして、昨日連れ回したのを反省してる？」

近づくと、神田は嫌そうに避けた。

「風呂場で寝くたれてたら、誰だって心配するだろう。俺は水死体の処理なんかしたくない」

不機嫌な顔を作っているが、照れているのがわかる。案外、強面《こわもて》は防御壁なのかもしれない。

——こいつ、面倒見いいんじゃん。

あっちへ行け、というように追い払う手を除け、肩を摑んでからかう。

「あんたさ、長男だろ」

「なんだ、急に…」

「弟とか妹とかいるだろ」

なあ、どうなんだよと迫ると、本当に嫌そうな顔をしながら真面目に答えるのが、おかしい。

「弟も妹もいる。だからなんだ」

「マジ、どんぴしゃ？」

ウケる、と腹を抱えて笑うと、煙草の煙がかからないように、手であおいでから神田は火を消した。

「いちいち煩い奴だな。そういうお前は一人っ子だろう」

「なんで知ってんの？」

「俺の職業をなんだと思ってる」

「あ、そうか……」

——調べるか。当たり前だよな。

流は手を止めた。神田が流の顔を見る。

流も神田を見た。沈黙が流れて、流がそれを破った。

「…黒嶋会、どうだった？」

一瞬流れた空気を消すように、神田は元通りのいかめしい顔に戻る。

「その前に、服を着替えろ、そこにある」

神田が示した流のベッドの上に、白地に赤いロゴの量販店の袋があった。流は陽気な声を上げた。

「あー、買ってきてくれたんだ。ありがと」

がさごそ袋を開けると、赤いチェックステッチの入ったグレーのパンツと、黒いコットンシャツ、靴下のひと揃いが出てきた。

流は笑みを向けて神田に礼を言う。

「なんか切るもんある？」

プラスチックの商品タグが切れない。服を差し出すと神田はライターで炙《あぶ》って切った。

いそいそと着替えている最中に、神田は調べてきた結果を話し始める。

「中野は、組でも行方がわからないらしい」

「……」

シャツのボタンを留めながら、流は神田のほうを見た。

「榎本を殺《や》ったのも、中野だ」

手が止まった。黙って続きを待つと、神田がまた煙草を取り出す。

「中野は、組に疑われていたらしい」

榎本がクスリを売っている噂《うわさ》は、組の一部にも聞こえていたそうだ。榎本がどこからブツを手に入れているのかを探るように言われ、命じられた中野は、自分が踏み絵を踏まされていることに気付いた。

「マトリが榎本を追っていた。逮捕されて役人にルートを渡すぐらいなら消したほうがいいと判断した…と組には報告しているらしい」

中野にとっては都合がいい筋書きだ。目論見《もくろみ》通り榎本を殺し、中野は組の信頼を得たはずだった。

「だが幹部連中も馬鹿じゃない。榎本がいなくなったところで、組からちょろまかした奴がいたのには変わりがない。そいつを炙り出すために、釈放されたお前を連れてこいという命令を出したらしい」

「でも、おれはいきなり撃たれたよ」

「…つまり、連れていって余計なことを話されちゃ困るから消そうとしたんだろうな」

中野も覚悟を決めたのだろう。だから流を殺り損ねた後、そのまま樹里亜を連れて逃げようとしたのだ。樹里亜がマトリに張り付かれていたのも、知っていたのかもしれない。

「だから…さらったのか」

樹里亜を車内に引き込み、走り去った車を思い出す。

どこへ逃げても、そんなに簡単に振り切れるとは思えない。楽観的な未来が想像できず、流は黙った。沈む流に、神田は冷静に言った。

「他人の心配をしてる場合じゃないぞ。お前の潔白も証明できていない」

顔を上げると、神田が難しい顔をしている。

「黒嶋会は中野がクロだと断定しているが、だからといってお前をシロ判定してくれるわけじゃない」

「……」

火のないところに煙は立たない…そういう理屈で、流も何がしか密売に関わりがあると組は見なしているそうだ。

「やってない証明なんて、どうやるんだ？」

無茶な、と顔をしかめると、神田は灰皿で二本目の煙草を揉み消した。

「中野が単独で榎本と取引をしていた証拠を挙げるしかない。もしくはお前以外の誰かが運んでいたという証拠を挙げる。それがない限り、お前も一枚嚙んでると思われる」

——それか、中野が組に捕まるかだ。

そうしたら、おそらく生きてはいないだろう。警察に捕まるほうが、まだ命の保証がある。

彼らが無事に逃げて、自分も元の生活に戻るためには、自力で榎本と中野の取引の実態を調べるしかないのだ。

流はため息をついた。

「これがちゃんとできたら、おれ、次は探偵業ができるね」

力なく笑ったが、神田は呆れたような顔をして、同意はしてくれなかった。

◆◆◆

時間は夕方六時を過ぎていた。流たちはひとまず榎本の周辺を調べることにして、新宿から私鉄に乗った。

榎本が群れていた半グレのグループは、町田《まちだ》を拠点としていた。新宿から三十分程度で着く街で、駅には大きなファッションビルがあり、続く商店街も店と人で賑やかだ。

帰宅する人の波に紛れながら、神田が言った。

「この聞き込みでは俺の立場は明かせない。お前がメインで聞いてくれ」

「なんでさ」

ちらりと見上げると、神田は眉間の皺を深くした。

「榎本への捜索は上から禁じられている」

——国会議員の息子だからか…。

流はぶらぶらと歩きながら冷めた笑いを浮かべた。

「…やっぱり、そういうのって通っちゃうんだ。けっこういい加減だね、警察って」

神田は反論しなかった。流はその横顔を黙って見た。怒りは瞳の奥に見えるのに、神田はそれを言葉にしない。

——警察官だってサラリーマンだもんな…。

むしろ上下関係は絶対で、がちがちの価値観で作られている。少し滞在させられた拘置所でも嫌というほど味わった。

理不尽だと思ったが、それは、国家機構に組み込まれている彼ら自身も同じなのかもしれない。

神田は警察の行動を正当化することもなく、定職もないに等しい流に侮辱されても、言い訳をしない。それでも腐らず捜査に取り組み続ける神田を、少し尊敬する。

それに、神田の態度もだ。

——生きづらいだろうな。

きっと、本当なら「お前には関係ない」とか「黙れ」とか言いたいのだと思う。けれど、夕べ約束したから、そういう切り捨てた物言いをしないようにしているのだろう。

律儀な男だと思う。容疑者あがりの自分との約束なんて、調子よく適当にあしらえばいいのに、そういうことをしない。

流はくるりと片足で回り、軽やかに言った。

「聞き込んでくるから、あんたはそこらのカフェで待っててよ」

戸惑いを浮かべた瞳に、流はふわりと笑いかける。

「身バレしちゃいけないなら、いかにもデカですっていうあんたは、いないほうがいい」

「……わかった」

「番号教えて。連絡するから」

携帯番号を交換し、流は振り返らず雑踏に飲み込まれた。

空は濃紺の帳《とばり》が下がり、街灯の白い光が眩しい。

「さて、どこからいくかな……」

町田の情勢に詳しいわけではない。電車に乗っている間に神田から、町田は南口のほうが治安が悪いという話を聞いただけだ。

――まあ、そこらにいる奴に声をかけるしかないんだけどね。

JR側へ回り、境川《さかい》を渡ると、確かに小田急《おだきゅう》線側の賑わいに比べて、一気にあやしさが漂ってくる。ラブホテルが目について、どことなくくたびれた感じだ。

「あからさまだなあ…」

ふらりと様子見で歩き回ると、ホテル近辺で時々誘うような視線の女性に出くわす。流はすっと表情を変えて近づいた。

甘さを加え、親しみを増し、セクシャルな空気を意識してまとわせる。それだけで、流のすんなりした面差しには不思議な色気が漂った。

ぎらぎらした欲情ではなく、どこかユニセックスな媚態《びたい》だ。

「こんばんは」

にこっと笑うと、相手は即座に危険度と好悪を判断する。どうやら合格点だったらしく、まんざらでもない笑顔で、ボディラインが強調されたワンピース姿の女性が寄ってきた。

「あのさ、この辺って儲かる?」

同業者だよ、という意味を込めてその筋の世間話を振った。相手は自分を買う気がないのだとわかっても、同じ世界の匂いを感じて、ちゃんと話をしてくれる。

——我ながら、ウケがいいよね。

仕事柄、風俗や水商売の女性に接触慣れしているせいもあるが、そもそも、自分はその場に溶け込みやすい体質なのだと思う。

雑踏にいるときは一般人に紛れ、夜の世界ではその属性に入り込む。カメレオンのように周りに毛色を合わせ、保護色の中に混じってしまう。代理屋ができるのも、そういう特性があるからだろうと自分では思っている。何の役にでもなれるのだ。

たむろしていた女性たちはこの周辺の勢力図を教えてくれた。近年は、風俗一掃が図られていて、こうして道端に立つのもできなくなっているらしい。

「ホントは見つかったらヤバい」

「そっか。ごめん目立っちゃったね」

ううん、いいよ…と国籍も年齢もまったく読めない女性たちがにこっと手を振ってくれた。流は彼女たちの情報を頼りにボウリング場側に足を向ける。駐車場を見ると、はっきりしたチームカラーを掲げている数人の少年たちがいた。

「…」

車高がやたらと低い改造車、派手にカスタマイズしたバイク。面白がってやんちゃをしている連中だ。流は何気ない顔をしてそばを通り、かっこいい改造だねと声をかけた。相手は煙草をふかしてしやがみ込んだまま胡散臭《うさんくさ》そうな目で見上げてくる。

――こりゃ、駄目そうだな。

他人に、特に一般人に気安く心を開くような連中ではない。友好的に聞き出すというのは難しいだろう。

――人数は四人。

どれも、そう本気でグレているというほどではない。

田舎《いなか》の子供が恰好をつけた程度だ。流はそう考えながら、あえてストレートに本題を切り出した。

「あのさ、榎本の知り合いを探してるんだけど」

「…ハァ？　誰だアンタ」

「榎本を知ってる？」

血の気が余っているらしい、青いツナギの服を着た男がメンチを切って立ち上がる。返事代わりに蹴りを入れようとした脚を、流はひょいと除けて身をひるがえすと同時に、自分も軸足と反対側の脚を回して相手の背中を狙う。

「…ッつ！」

どかっと派手な音を立てて相手がつんのめり、蹲《うずくま》った。

「てめぇ……」

気色ばんで詰め寄ってきた周囲の男二人に、流も構えて睨みを効かせる。

飄々《ひょうひょう》とした表情が消え、隙なく視線を巡らし、大胆不敵な笑みを浮かべた。

「知ってるかって聞いてんだけど…」

声のトーンは変わらない。けれど、その穏やかさが彼らに不気味さを植え付けるのだということを、流は知っている。

こういうのは、犬のマーキングと同じなのだ。キャンキャン騒ぐチンピラほど、最初のマウントでこちらが勝てば、素直に従う。

ふらりと現れた余所者《よそもの》に負けては面子に関わる…そんなプライドと、底の見えない相手に対する警戒心で、不意打ちを食らった少年も加勢に入った連中も、目が迷っている。流はそれを見て、相手の小者度合を判断し、表情を和らげた。

普段通りの笑みに戻し、相手がホッとした顔をした瞬間に、ゆっくりとかがみ込み、転がった少年に声をかけた。

「だいじょうぶ？」

「あ、ああ…」

言いながら、そばにあった縁石代わりのブロック石を掴み、よかった、と笑いながら立ち上がり際、ふらりと持った石でフロントガラスを叩き割る。ガラスは、派手な音を立てて粉々にひび割れた。

「！ …って、てめ」

「ちょっとさ、榎本の話を聞きたくてさ…」

何をするかわからないよ…というメッセージを込めて笑うと、相手は飲まれたように黙った。

このくらい、たいしたことはない。

——ダテに新宿で生きてるわけじゃないよ。

小者のあしらいなど朝飯前だ。歓楽街で商売をしようとするなら、喧嘩の流儀は身に付けておかないとやっていけない。

——コケ脅しって、大事なんだよね。

さあ、どうする…と笑顔で迫ると、相手は気圧《けお》されてわずかに身体を後ろに退《ひ》いた。

動物ならそこで負けだ。じり、と距離を詰め、流は飄々とした笑みを浮かべた。

「教えてくれるかな」

「あ……ああ……あいつ、ね…」

少年たちはビクビクした愛想笑いを浮かべながら、榎本について答えた。


「ありがとね」

一通り情報を聞き出し、流はその場を立ち去った。角を曲がると、予想通り返り討ちを狙って少年たちが来ており、流は素早く数軒あるラブホテルのうちのひとつのフロントに入って身を隠し、駐車場を経由して外に回った。

人目をはばかるラブホテルの駐車場には上半分が見えにくいように目隠しのためのビニールカーテンが下げてある。流はその隙間から、気勢を上げて探し回る改造車を見送った。

ベッドタウンのチーマーなんて可愛いものだと思う。肩をいからせたところで、たいした実力はない。

「……」

——まあ、その分加減がわかんないから危ないんだけどさ。

相手が小者で助かった…と思いながら、外の様子を窺《うかが》い、小田急線側に戻った。

反対側は、ごく普通の賑わった商店街が続いている。逆に、薄暗い場所にしゃがみ込んでいた彼らが、なんとなく可哀《かわい》そうになるくらいだ。

会社帰りのきれいなOLやサラリーマン。塾帰りのお行儀のよい子供。家族と暮らしているような学生、毎日が楽しそうな部活帰りの高校生…。商店街は社会の中で規則正しく生きている彼らのための場所だ。流にとってはこの場所は少し眩しくて、駅裏に潜んでいた彼らのほうに親近感を覚えてしまう。

何にでもなれる。だから、この商店街を歩く人たちのように、幸せそうに振る舞うことはできるけれど、自分は決してこの場所にふさわしい人間ではない。

いざとなればなんだってやれる。暴力で脅しをかけることも、嘘をつくことも…。ただ、あまり好きではないだけだ。

「……神田に、電話しなきゃ」

尻ポケットからスマートフォンを取り出し、画面を眺めながら、なんとなくかけるのを躊躇う。

――どう、説明しようかな。

彼らに吐かせた方法を、神田にどう言おうか悩んでいる自分に気付いて、思わず立ち止まる。

――なんで、悩む？

「言わなきゃいいじゃん」

別に、結果だけ報告すればいいのだ。どうやって締め上げたかなど、言う必要がないのだと思いついてから、言いたくない自分の本心を見つける。

力づくで聞き出したことを隠したいのだ。

「……なにいい人ぶってんの…？　おれ」

暴力も汚れ仕事も、社会的に非難されるようなことも、なんだってしてきた。ホテルの前で客を取っていた女性たちと同じだ。この賑やかな表通りを歩く人たちとは、生きてきた世界が違う。

――なんで…。

それなのに、何故急に自分の所業を知られたくないと思ったのだろう。

スマートフォンの画面には、登録された神田の名前が出ている。あとは、通話のマークに触れればいいだけだ。

――おれがろくでもない人間だっていうのは、もうバレれてるじゃん？

自分で自分にそう問うけれど、答えはちゃんとわかっている。
それでも、自分の醜い部分を知られたくないのだ。
神田は刑事だ。警察の人間で、法を順守し、この善良で清く正しい市民の側にいる。
だから、少しでも〝いい人間〟でいたい。
――つまりは、嫌われたくないってことだろ……。
そんな自分の感情に自嘲《じちょう》する。
――今更じゃん。
自分が住めない世界にいる相手。
「刑事と参考人だよ？」
言ってから、流はふうっと深く息を吐き、通話ボタンに触れた。
コール音がして、神田の声が聞こえる。流はいつもと変わらない明るい声を出した。
「あー、お待たせ。終わったよ。どこにいる？」
神田は、商店街の中ほどにある喫茶店の名を挙げた。

◆◆◆

神田がいたのは、商店街から少し路地を入ったところにある店だった。

古めかしい釉薬《ゆうやく》がかかった青い瓦屋根、白い壁には蔦《つた》が這《は》っていて、木製のドアには鉄の鋲《びょう》が打たれている。

全体にクラシックな雰囲気で、格子の窓からはオレンジ色の明かりが漏《も》れていた。流は窓際にいる神田を見つけたが、すぐに店に入る気にならず、外から眺めた。

神田には、こういう落ち着いた空間が似合うと思う。チェーン店のコーヒーとか、安っぽいファストフードは似合わない。

——…。

神田のいる場所に入っていくのに気後れがする。流はため息をついてから、気持ちを入れ替えた。どんな役でもできる。今は、商店街を歩く〝普通の人〟と同じ顔をすればいい。

店のドアを開けると神田が顔を上げ、流は手を振ってこぢんまりした店の一番奥に行く。

「お待たせ」

神田の向かいの椅子を引き、同時に水を置きにきた店員に注文する。

「アイスカフェオレください」

向かいには、飲みかけのブレンドコーヒーがある。

「大雑把なとこは聞いてきたよ」

運ばれてきたカフェオレにガムシロップを入れ、ストローでかき混ぜながら報告した。

「だいぶイキがった坊ちゃまだったらしいね。〝自分の帝国〟を作る気だったらしいよ」

「帝国？」

「そ。ゲームのやりすぎだっての。でも榎本は本気だったみたいだ」

親が選挙地盤を持っているように、自分は自分でアンダーグラウンドの人脈でネットワークを築き、一大勢力にするつもりだったらしい。

「まずはクスリで縛り付けようとしたみたいでさ」

「…」

「ただの半グレだったら寝言にもならない大ボラだけど、あいつ、なまじっか親が金を持ってるから、そこらへん本気で動かせたらしいんだよね」

榎本は帝国作りを実行に移したらしい。実際にクスリの使用を持ち掛けられた者もいた。

「親の知り合いにもコナかけてるって吹聴してたらしい。あんたたちが捜査を止められたのも、ここら辺が理由でしょ？」

神田は嫌そうな顔をしたが、否定はしなかった。

「それで、入手ルートについては聞けたのか？」

流は首を横に振った。残念ながら、そこまでラッキーな情報はなかった。

「そもそも、榎本はトモダチが少ないんだよ。我儘《わがまま》坊ちゃんだったらしくてさ」

激高しやすい性格で、半グレ仲間も、金ヅルだから付き合っていたという部分があったらしい。死んだという話にも、仲間を殺られたという義憤ではなく、どこか自業自得…とせせら笑うような様子があった。

——上っ面だけの付き合いだったんだな。

榎本は幼稚園から私立の名門校に通い、高校の途中から不登校になっている。半グレ仲間は、彼にとって居心地よく、本気で〝帝国〟を作り上げたいほどの場所だったのだろう。親のように特権階級での人脈はもう望めず、ここに自分の価値を見出そうとしていたのかもしれない。

けれど、それは榎本だけの幻想で、仲間のほうはそう思っていなかった。すべて榎本の独り相撲で、その死を悲しむ者がいないことに、流はどこか心が冷たくなる。

「……ここで、これ以上聞いても、榎本のことはあんまりわかんないかもね」

誰も深く榎本と関わろうとはしていなかった。報告を終えて黙ると、神田が口を開いた。

「わかった。手間をかけたな。助かった」

意外な言葉に、ストローを吸う手が止まる。

「…なんだ」

「いや、あんたに礼を言われるなんて、明日は雨でも降るのかなって」

「なんだその年寄り臭い言い回しは」

神田がむっとしている。でも、それが照れ隠しなのだというのは、もうなんとなくわかる。流はくすりと笑った。

神田は、調子を合わせてお世辞で笑ったり、へつらったりはしない。

半グレ仲間に榎本のことを聞いている間、彼らの媚《こ》びるような愛想笑いを見ているのが嫌だった。力の強い相手に、とりあえず怒らせないように機嫌をとって追従する…。榎本のこともそうだ。心の中では世間知らずのボンボンだと馬鹿にしていたくせに、持ち上げるといくらでも奢《おご》ってくれるからと仲間扱いし、兄貴分だとちやほやしていた。

そのくせ、死んだら〝あんまりよく知らないし〟と切り捨てる。

そんなうそ寒い笑顔を見た後だからだろうか、神田の笑わない顔のほうが流を安心させた。

愛想がよいほうが、世渡りは楽だ。笑顔を浮かべていたほうが物事はスムーズにいく。嫌いな相手にだって、お世辞でも笑っておけば波風は立たない。けれど、神田はそれをしない。

じっと見つめすぎたらしい。神田が複雑そうな顔をした。

「なんだ？」

「ん？　いや、なんでもないよ」

笑わないのに、少しも嫌な気にならない。

――ツンデレってやつ？

デレ、のほうはまだ見たことがない。だが、なんとなく見てみたい気がする。

どうやったらこの渋ヅラを崩せるだろう。ふとそんな考えが浮かんで、甘いカフェオレを飲みながら、流は目を伏せて微笑った。

神田は男前の顔をしかめて煙草に手を伸ばす。灰皿はもう数本の吸い殻で埋まっていた。

「中野と樹里亜はまだ見つかっていない。多門からは、部下に独自に接触させようと試みていると報告された」

「あの、深澤さんて人?」

「ああ。樹里亜との信頼関係は築けている。予想通り、樹里亜に惚《ほ》れての行動だったらしい」

調査対象に溺《おぼ》れたことを、多門は当然叱責しただろうが、逆にその状況を利用することにした。

警察と組から逃走している中野は追い詰められているはずだ。国外脱出を狙うなら、誰かの手を借りなければならない。

「まだ上司には報告していないという形にして、樹里亜を誘い出すつもりだそうだ」

中野を助けたい樹里亜は乗るだろう。いい子だけど、あまり深く頭が回るタイプではない。

——でも…。

「深澤さん? はよくそれ承知したね」

樹里亜を騙《だま》すのだ。おびき出して中野を捕《と》る。彼女が泣くのが見えている。だが、神田は当たり前のように言った。

「仕事だ、当然だろう。むしろ、報告詐称を挽回《ばんかい》できるんだから、温情措置だろうな」

「……そう計算通りにいくかな」

人の心だけは、数字のようにきっちりと結果は出ない。一と一を足したら二になるというような単純な答えにはならないのだ。

「深澤さんは、樹里亜さんに嫌われたくないだろうしさ」

煙草の煙が揺らめいて、きれいな薄い膜ができる。

「樹里亜を助けたかったら、どんなことをしてもおびき出すだろうな」

神田が冷徹な眼をした。

「中野といても先は見えてる。組の制裁の場に女なんかいてみろ、死んだほうがマシという目にあうだけだ」

「…………」

そういうものだ、と流も頭の中で静かに納得する。深澤や中野にとってどんなに大切な相手でも、ヤクザからしたらただの女だ。どうなるかは想像できる。

おとぎ話は、絵本の中にしかない。夢の国は入場料を払って見られるひと時の幻想だ。

「行くぞ…、もう一か所、夜のうちに寄っておきたいところがある」

神田が煙草を揉み消して立ち上がり、流はその後に続いた。


樹里亜のマンションは荻窪《おぎくぼ》にあった。駅から徒歩十五分ほどで、しゃれたパン屋やヘアサロンなどが並ぶ商店街を通り過ぎ、民家が続くようになる場所にある。町田から荻窪に移動した頃にはもう十時を回っていて、人通りはかなり少なかった。

神田は歩きながら多門と連絡を取っていて、合流することになった。

「こっちに向かっている。深澤も一緒だそうだ」

「…ふうん」

中野の住まいはすでに警察が家宅捜索している。

「樹里亜のマンションも、一度捜索済みだ。だからたいしたものは残っていないだろうが、俺は中野の部屋しか見ていないからな。自分の目で確かめておきたい」

お前も見ておいてくれ、と頼まれる。

「第三者の目で、違う意識で見ると見えてくるものがあるかもしれない」

「…うん」

たどり着いた建物は、五階建ての小規模マンションで、築年数は古そうだった。オートロックではなく、集合ポストのところに狭そうなエレベーターがある。

神田は一階のマンション管理者の部屋を訪ね、警察手帳を見せて鍵を借りた。すでに一度捜索を受けている管理者はたいして驚きもせず、快く鍵を渡す。

「二階の一番奥です」

「ありがとうございます」

礼を言って階段で上がる。全体的に一世代以上前の設計だから、廊下も狭く、階段もやけに小幅だ。

鉄製の、郵便受けが付いた扉を開ける。スイッチを探って明かりを点けると、部屋はがらんとしていた。捜査に関連すると思われるものは、段ボール数箱分運び出されたという。

流は神田の後ろに付いて、1Kの部屋を進んだ。

風呂場、トイレ、二口ガスコンロのミニキッチン。奥の六畳ほどの部屋はフローリングで、仕事用の衣装を吊《つ》るすラックと、半透明なプラスチックの衣装ケースが三つ重ねられていたが、中はすでに警察が押収していて空だ。

布団は床に直《じか》に敷いてあった。雑貨屋で売っているような小さなテーブル、テレビ。タコ足配線のタップにはドライヤーのプラグが差し込まれていたが、化粧道具は見当たらない。きっと、それも家宅捜索のときに持っていかれたのだろう。

——もっと、可愛らしい部屋を想像してたんだけどな。

一言でいえば、質素だ。樹里亜がここの暮らしを〝仮のもの〟だと思っていたのがありありとわかる。カーテンも持ち去られていて、うねりの入った窓ガラスには、部屋の明かりが反射していた。

「樹里亜さんは、ドローンを預かってたって言ってたよ」

毎週練習場に行く中野に腹を立て、預かっていたドローンを隠したのだ。

わざわざ、自分の部屋ではなく交際相手の部屋に置く。それが見つかったらマズいものだからだというのは誰でもわかる。流は窓を背に、丁寧に部屋を一面ずつ観察している神田のほうを振り返った。

「結局、榎本を怒らせたとき隠したドローンって、どうなったんだっけ」

「見つかっていない」

神田が答えたのと、窓ガラスが割れる音がしたのは同時だった。ガシャンと派手な音を立て、石でも投げこまれたのかと思った瞬間、膨れるように炎が上がった。

「流!」

「――ッ!」

目の前が眩しくて見えない。全身に熱風が叩きつけてきて声が出なかった。

強烈な光が溶けた金属みたいにぐわんと歪《ゆが》んで動き、顔面がひどく熱かった。

――……。

炎だ、と瞬《まばた》きできないまま見つめる。火は舐《な》めるように床を四方に伸びていって、壁がオレンジ色に反射した。

その一秒はとても長く、流、と叫ぶ神田の声がまるで遅く回したビデオ再生のように聞こえた。

神田が手を伸ばしている。眼鏡のつるに炎が反射していて、その顔が必死で、流は〝まるでドラマみたいじゃん〟と思った。

右腕に、火が燃え移ったのもわかった。熱いというより痛くて顔をしかめる。

――燃えるのかな。

焼死体は、死んでから燃えるのだろうか、燃えながら死ぬのだろうか。

脂分が多いから、人はよく燃える…と倉庫を貸してくれた会社の親父はそう言って笑った。ウソかホントかは知らない。呼吸をすると、喉が焼けそうなほど熱い空気が入ってくる。

――そうだ、先に窒息死するんだったっけ。

ずいぶんいろいろ考えて、長い時間だったような気がしたけれど、神田に抱えられてキッチン側に転がり、玄関ドアを出るまで実際は数秒間だった。

「神田さん！」

運がよかったのか、ドアを開けたとき、ちょうど後追いで来ていた多門たちがいた。多門が身体ごと神田たちを引っ張ってくれ、出ると当時にドアを閉めた。部下が消防署に連絡している。ものの数十秒で通報を終えると、先に犯人を追いに出た多門に続いた。

「火炎瓶を投げ込んだ奴を追います。まだ付近にいるかもしれない」

「頼む」

多門の部下は頷いて走っていき、神田は流を抱えたまま残った。

「大丈夫か、流」

「……うん、まあ……」

右腕を焼いた炎は、神田が手で叩いて消えていた。扉一枚向こうでは轟音《ごうおん》を上げて炎が走り、音に気付いた人々が、次々と玄関や向かいの窓から顔を出して様子を見ている。

多門は階段を下り際、非常ベルのボタンを押したらしい。けたたましい警告音が鳴り響き、マンションヨン管理者が血相を変えて駆け上がってくる。

神田は流の身体を抱えて廊下に座り込んだままでいた。

ぐっと回された腕が、不思議と心地よい。

——神田の腕って、こんなに気持ちよかったっけ。

腕を摑んで走らされたことはある。でも、そのときとは違う。

しっかり抱えてくれている腕に、不思議な信頼感があった。

——炎でも銃弾でも、神田は守ってくれるんだなあ。

そんなおかしなことを考えながら、流はあえてそのままでいた。

神田に寄りかかっている。この態勢が気持ちいい。

何度か心配そうに揺すられたが、流はそのまま目を閉じていた。

◆◆◆

樹里亜の部屋に火炎瓶を投げ入れた犯人は発見できなかった。深澤を連れてきていた多門は引き続き中野の捜索に戻った。

火災となった現場に所轄の警察が駆け付け、消防車、救急車が次々と到着し、野次馬も来て周囲は人だかりになる。神田はその場を警官に任せ、流を乗せた救急車に同乗した。

火炎瓶は自分たちを狙ったものである可能性が高く、樹里亜を狙ったとも考えられるが、本当のところがわからない以上、今、流を誰かに任せるのは危険だ。

流を守らなければならない。流は無実だ。殺させるわけにはいかない。

――……。

救急車の中はやけに照明が白く、ストレッチャーに乗せられた流の頬は青白く見える。救急隊員は流の右腕の火傷《やけど》を見て、服の袖を鋏《はさみ》で切り、応急処置をした。

「せっかく買ってもらったのに、一日で駄目にしちゃったね」

「また買ってやる」

「税金だろ？」

「自腹だ」

マジ？　と流は面白そうに笑う。その声が静かで、神田は不安に駆られて流の額に手を置いた。こいつは無理して笑っているのではないか。青白い顔をして、本当は痛いのにわざと明るくしているのではないか。そう思うと、たまらない気持ちになる。

「少し黙れ」

額は冷たかった。救急隊員は、マニュアルに沿って患者と同乗者を落ち着かせるために声をかける。

「あと五分くらいで着きますからね」

サイレンを鳴らし、救急車は西荻窪の病院に到着した。

流が手当てを受けている間、神田は廊下で待っていた。

多門と連絡を取り、火災現場に駆け付けた所轄の警察官とやり取りをし、最後に今回の案件を担当しているチームに連絡を入れる。

捜査本部は本庁にあった。三人体制でこの事件を担当していて、本部での指揮はチーム内の同僚が担当している。

通話相手は、火災と参考人が巻き込まれた事情を一通り聞いた後、応援要員を出すと言った。

『そろそろ戻ってきてくれ』

「いや、本部はお前がいれば大丈夫だろう」

『しかしな…』

参考人の保護なら、他の人間でもできる…と相手が言ったとき、流が処置室から出てきた。

片腕だけがノースリーブで、腕に真っ白な包帯を巻いているが、表情はいつも通りだ。神田を見つけ、小さく手を振って近づいてくる。

神田は通話相手に手短かに答えた。

「いや、保護は俺が続行する。だが援軍は助かるな、新宿署に入れてくれ」

そこで連携を取る…と伝えると、相手は仕方がないという声で了承した。

流が、じっとその通話を聞いている。神田がスマートフォンをしまうと、流はまたいつもの表情に戻った。

「火傷だけだって」

「そうか」

「あんたは？　何も怪我《けが》しなかった？」

「俺はなんともない」

立ち上がると、流は〝頑丈なんだねえ〟と笑う。

流の笑う顔を見て、心の中でほっとした。

たいした怪我でなくてよかった。無理に笑っているのでなくて、よかった。

流はちょっとまごついた顔をする。

「どうした？」

「……あのさ。保険証がないと、十割負担なんだって」

「ああ、それはいい。こっちで出す」

捜査中の怪我だ。そう言うと流は苦笑した。

「よかった。看護師さんは、あとから保険証を持ってきてくれたら返金しますからって言うんだけど、そもそもおれは保険証持ってないからさ」

呆れて見たが、流は悪びれない。

――代理屋は、自営だからな…。

それにしても、国民健康保健と年金は加入が基本だ。神田は支払いに行きながら流に諭した。

「別に、事故だけじゃなく病気のリスクもある。保険は最低限入っておけ」

「……うん」

「返事だけで流すなよ。ちゃんと加入しろ」

あとで確認するからな、と念を押すと流は面白そうな顔をした。

「やっぱあんた長男だね。口うるさい」

「……」

減らず口を叩かれると、妙に安心する。流が元気な気がするのだ。

ホッとしている自分に呆れながら、神田は流の頭をくしゃくしゃと撫でた。

「帰るぞ」

どのみち、火災の検証は別部隊が担当する。多門からは改めて報告するとしか言われず、今新宿署に帰っても、電話で確認した以上のことはない。

何より、流を休ませたかった。また風呂場でぐったりされるのは肝が冷える。

往来でタクシーを拾い、二人はホテルに戻った。

◆◆◆

ホテルに着くと、神田がフロントに立ち寄るという。

「ちょっと待っててくれ」

「うん……」

流は、少し離れたロビーで延泊を告げる神田を見ていた。

——……電話、「捜査一課」としてたのかな。

《いや、保護は俺が続行する……》

保護とは、自分のことだ。結局、神田が引き続き流を担当するようだが、その前の会話からすると、本当は他の誰かに任せて、神田は戻ってきてくれという要請だったのではないか。

——そうだよな。

今だって、聞き込みやら新宿署でやり取りをしつつ、自分の面倒を見ている。身動きは取りにくいだろう。それに、この生活がいつまでも続くわけはない。事件が解決すれば神田が流を保護する理由はなくなるのだ。

いつ終わってもおかしくない。そして本庁所属の神田とは、事件が解決したら二度と会うことはない。

——別世界の人間だもんな。

新宿署内の、神田に対する他の警察官の態度からしても、彼が〝本庁の別格〟だというのはわかる。当たり前のことだ。そう思うのに、待っている間、ずっとそのことばかり考えていた。

《流！》

炎の中で聞いた声が、やけにクリアに耳に残っている。

サイレンを鳴らして搬送される救急車で、神田の手の重みを額に感じたまま、ずっとそうしていたいと思った。

――……。

自分は、中野と組の前にぶら下げられた餌だ。死なせてしまっては元も子もないし、刑事として、保護している相手は当然守るだろう。理由はちゃんと頭に浮かぶが、心は違う答えを求めている。

流はその気持ちに、首を横に振った。

――違う。

恋愛感情とか、そういうものではない…。流は自分にそう言い聞かせた。

心がぎゅっとなるのは、あのとき抱えられた腕の感触が、心地よかったからだ。

体感的なことだ。たぶん、そうだ。

……そう思っておいたほうがいい。

「戻るぞ」

「うん」

戻ってきた神田は、昨日と変わらずエレベーターのボタンを押す。部屋はきれいにベッドメイクしなおされていて、二人は自然と昨晩と同じベッドを選んだ。

ルームライトは抑え気味で薄暗い。カーテンを開けると新宿副都心の華やかな夜景が見えて、テールランプの赤い群れが、血管のように移動しながら流れていく。

流はそれをベッドに腰かけて眺め、上着をクローゼットにしまっている神田のほうを向いた。

「………」

神田がネクタイを外している。ベストのボタンを外し、ホルスターをコンソールデスクに置いた。センタープレスのパンツに包まれた、すらりとした脚と厚みのある胸元を眺めていると、視線に気付いた神田と目が合う。

「…風呂、先に使いたいなら使え」

流は返事をせず、神田のほうへ近づいた。

この生活が続く保証はない。

今夜だけかもしれないのだ。明日には事件が終わるかもしれないし、神田の代わりに誰かが自分を担当するかもしれない…。

神田との接点は、〝今〟しかない。

「…」

「あんたさ、男も抱けるだろ…」

何を言ってる…というように神田が眉間に皺を寄せる。流はそれをさらりと笑い流した。

「そういうの、ニオイでわかるほうなんだよね」

「……だからなんだ」

左手で神田に手を伸ばす。

昔、身体を売って生きていたことがある。代理屋を始める前だ。

何人もの男に抱かれてきた。セックスが、愛なんてものを必要としないのを知っている。

生理的な欲求さえあれば、受け入れてもらえるはずだ。

「やんない？」

相手が本気で嫌悪しているかどうかぐらいわかる。流はそのまま両腕で神田の身体を抱きしめた。

触れたい。神田に触れたい…。

身動きしない神田に、流は顔を上げて唇に触れた。

端正で肉厚な唇を、自らの唇で塞ぐ。神田は払いのけなかった。

「おれ、上手いよ？」

「……」

「あんたはきっと、男、嫌いじゃない」

「決めつけるな」

「じゃあ試してみなよ」

何か言いかけて開いた唇をついばみ、顔を傾けて深くくちづける。微《かす》かに煙草の匂いがして、流はそのまま背中に回していた手を伸ばし、神田の頭を抱く。

神田の感触が欲しかった。どう理由をつけてもいい、こうしてもう一度身体に触れたい。

神田は確かめるようにそっと左腕に触れ、流の背中と腰を抱き寄せた。

「…ん……」

差し入れた舌に応じてくれる。抱きしめあって舌を絡ませあい、密着した下肢に熱が疼《うず》く。

「……」

セックス以外に、もう一度神田に触れる手段が、流には見つけられなかった。

神田はゲイじゃない。男も抱けるだろうけれど、男しか愛せないタイプではない。

——そのくらい、わかるさ……。

愛だとか恋だとか、そんな叶《かな》わない夢をみるほど、現実がわからないわけではない。神田と個人的な関係を結びたいわけではない。

ただ…今なら、一緒に泊まっている今夜なら、神田に触れることができるだろうと思っただけだ。

神田の口腔《こうこう》の奥を探る。腰を擦《こす》り合わせて刺激すると、神田の尻の筋肉がびくりと緊張するのがわかる。流は首から肩へ手を這わせ、神田のシャツを脱がせてベッドへ誘った。

神田をベッドの端に座らせ、流はベルトを外す。

「ほんと、いい身体してるね」

「…誰と比べてるんだ」

「気になる？」

笑って手を離し、片袖を切られた自分のシャツを脱ぐ。神田も脱がされかけていたパンツを脱いだ。買ってもらったばかりのグレーのチノパンを、下着ごと脱ぐのを神田が見ている。

そのまま床に脱ぎ散らかしながら、流は神田のもとへ戻り、肩に手を乗せて上からキスをする。

「おれに比べてって話だよ」

眼鏡の奥で、神田が眉を顰めている。本当に、仏頂面ばかりする男だ。

「まあ、他の奴と比べても、あんたはいい線いってると思うけど」

「ゴマする気か？」

「ひねくれてるね」

筋肉馬鹿みたいにムキムキな身体ではない。腕も胸も、筋肉がきれいに隆起して、逞《たくま》しい骨のラインが浮き出ている。理想的に六つに割れた腹筋と、引き締まった腰。流は腰骨をなぞるように手をやり、喉からみぞおちまで、かがみ込んで唇を這わせた。

「走ったって夜通し仕事したって、これならへこたれないだろうってことだよ」

乳首を舌先で悪戯《いたずら》のように舐めると、険しい顔をしているくせに、身体はぴくりと反応する。ちょっとSっ気をそそられて、流は神田の脚の間に膝をつくように入り込み、手で反対側の胸を弄《もてあそ》びながら舌先で焦《じ》らした。

「…感じる？」

気難しい顔のまま、神田の手が流の頭を無意識に抱えている。触れるか触れないかの股間は明らかに質量を増して、触れてもらいたそうに反り返っていた。

熱くなっていく体温を感じるのが気持ちいい。神田の長い指が髪を梳《す》くように絡められ、秋気を含んだ眼が自分を見ている。流は焦らすのをやめ、胸から腹をなぞり、腿《もも》に手を置いて脚の間に顔を埋《うず》めた。

昂《たかぶ》った肉芯を口腔に含むと、神田の低いため息が聞こえる。熱を含んだ芯は、流の口にはやや持て余すほどだったが、喉近くまで含んで上下すると、神田の悩ましい呼吸が頭上で淫《みだ》らに響いた。

快楽に呻《うめ》く、苦悩にも似た声を聞くと興奮する。口腔を犯されるような被虐的な快感に浸ると、神田の手がその動きを加速させるように頭に添えられる。

「…ンッ、…ん……んっ」

頭を摑まれながらちらりと見上げると、眉根を寄せ、快感に耐える神田の顔が見えた。

やがて目が合うと、神田は両手で流の頭を包んでそこから離させた。

両脇から掬《すく》うように抱き上げられ、素直に従うとベッドに上げられる。片腕で抱かれたまま、性器に触れられ、同じことを返そうとしている神田を止めた。

「何故だ…？」

「誘ったのは、おれだから」

神田にもベッドに上がってもらい、流は向かい合うようにして跨《また》った。

「あんたはじっとしてていいよ。おれがやる」

自分で慣らせるし…と言いながら腰を沈めようとすると、神田がそのまま流の胴を持って、ベッドに押し倒してきた。

「そういうのは好きじゃない」

「なんだ…攻めたい派？」

「しゃべるな」

「ん……っ……」

両腕をベッドに押さえ付けられ、深くくちづけられた。そのまま万歳みたいな恰好をさせられ、耳からうなじを、肉厚な舌が愛撫《あいぶ》していく。

「…ん…」

息が上がる。耳元で神田の呼吸がして、身体を押し付けられたまま粘膜の感触が耳穴のあたりを嬲《なぶ》っている。

「…ゃ……ぁ……」

「攻めるくせに、やられると弱いな」

「…っ。耳は……弱いんだよ……ぁ…っ」

悩ましい感触に、ビクビクっと背を反らせた。刺激で滴《しずく》を噴き上げた半身を、神田の骨太な手に握り込まれる。

「それは攻め甲斐《がい》がある」

「アッ……ぁ…や、めろ…って……」

親指の腹でぐりぐりと鈴口を責められる。達《い》かないように小指で根元を締めつけられ、粘液をくちゅくちゅと淫猥《いんわい》に撫でられて、流は追い上げられる快感に頭を振って悶《もだ》えた。

「あ…ああ…っつ、んんっ……んっ」

電流のように刺激が身体を走り抜ける。逃げようとしても神田の身体で押さえつけられ、自由になった片腕で肩を押すが、反対に顔を傾けるようにキスされる。

「ん……」

口腔に舌が入ってくる。神田に舌を捕まえられ、吸い上げられ、絶頂しそうな愉悦に瞳が潤む。

「…んはっ………か、かんべん。…ん、…おれが、悪かった」

「なんだ、もう降参か」

ぐりっと亀頭の周りをいじられ、目の裏で火花がスパークする。

「はぁっ……あ、や、だ…出させて…んんっ」

快感が身体の中で渦を巻いている。ビクンと腰が跳ね、もう達っているのに吐精できない甘苦しさが、拷問のようだ。涙目で懇願すると、神田はベッドに張り付けていた流の手首を放し、性器を戒めていた手を緩ませるのと同時に、かがみ込んで口に含んだ。

「――――ッ、ああっ！」

熱い口腔の粘膜に吸い上げられる強烈な快感に、喉を反らせて声を上げる。腰が震えて、否応《いやおう》なく神田の口に吐き出した。

はあはあと息を切らしていると、流のものを飲み込んだ神田が平然とした表情で顔を上げた。

「……あんた………」

呆然《ぼうぜん》と見つめたまま、まだ息が整わない。

「ばかじゃないのか……。ビギナーのくせに、飲むとか………信じらんない」

「誰がビギナーだと言った？」

引き締まった裸体は、スーツを着ているときより野性的な色気を醸し出している。

「…かまととぶりやがって……ほんとにソッチ系だったのかよ」

顔を真っ赤にして憤慨すると、神田が笑う。そのやわらかな微笑に、流は見惚《みと》れて釘《くぎ》づけになった。

動けずにいる流の唇に、神田の唇がそっと触れる。

――……神田……。

「お前がイキがるからだ…。寝たいなら、ただそう言えばいいだろう」

癇癪《かんしゃく》を起こした子供をなだめるように神田が頭を撫でる。

どんな顔をしていいかわからなくて、顔から火が出そうなほど恥ずかしいのに、気持ちよくて動けなかった。

頭を抱えられ、自然に身体ごと引き寄せられる。唇をこじ開ける舌は、先刻とは別物のようにゆっくりと口腔を愛撫していく。

「ふ……ぁ……」

「流……」

髪を掻《か》き混ぜる指に、頭の中が蕩《とろ》けそうだ。低く呼ばれた声は、炎の中で聞いた声に、幻のように重なる。

——ああ……。

腰をなぞられ、神田の大きな手が尻を摑む。揉みしだかれ、知らないうちに腰が浮き上がっていた。肌を吸う唇に翻弄され、気付いたら神田と向かい合わせで膝立ちになっていた。

「ぁあ…ぁ…っ…ん」

尻を摑まれて、膝立ちのまま位置を動かせない。それが、ちょうど神田の顔の前に胸を晒す恰好になっていて、硬く凝《こご》る胸粒を責める舌先から逃げられず、喉を反らせて喘《あえ》いだ。

「ンッ……もう、…やだ……ン…ッ」

軽く歯を立てられる快感に咽《むせ》んで、神田の肩にしがみつき哀訴する。神田は流の揺れる腰を摑んで、尻のさらに奥へ指を潜らせた。

「アッ……あ、…もう、なんで…やだ…あ」

「何が嫌なんだ？」

余裕しゃくしゃくの顔が憎たらしい。流はすでに耐えられず、下肢は二度目の絶頂に震え、襲ってくる快感に息も絶え絶えだ。

「なんで…挿《い》れてもないのに……おればっかり……」

さっさと挿れろよ、と半泣きで憎まれ口を叩くと、神田が笑った。

「…口先ばかり生意気なくせに、可愛い声で啼《な》くからだ」

「バッ……あ、ああ……」

同時に腰を引き寄せられ、ほぐれた場所に熱い肉塊を押し当てられる。罵倒は声にならず、ゆっくりと肉襞を擦っていく甘く痺《しび》れるような快感に、流は深い息を吐いた。

「はぁ…っ、あ、っつ、あ、あ……」

ズッ、ズッ、と腰を持たれて深く引き寄せられる。そのたびに脳天まで愉悦が突き抜け、止めようもなく声が漏れる。神田はストイックな色気を漂わせたまま、快楽に振り回される流を見ているだけだ。流は助けを乞うように上下される身体で神田の首に腕を伸ばした。

「あう、んっ、ん…」

首にしがみつくように倒れ込み、キスをねだる。目は快感で涙が滲《にじ》み、情けない顔をしたかもしれない。神田はふと目元を和ませて笑い、律動をやめてそっと流の背を支え、寝かせてくれた。

「本当に経験があるのか？」

初心者ではないのか、と問われ、甘い呼吸に声も掠れながら、どうにか答える。

「こ、ういうテクニシャンが、初めてなだけだよ…っ…」

「…まあ、褒められたことにしておく」

「くそ……ぁ」

あまり激しくやらないほうがいいな、と余裕で言われるのが悔しい。自分から誘っただけに、少し動かれただけで感じてしまうのが恥ずかしかった。

——でも、しょうがないじゃんか……。

こんな風に抱かれるのは初めてだ。

「早めに終わらせるから」

「…」

気遣われるのは恰好悪いが、このままでは気持ちよすぎておかしくなりそうだ。

仰向《あおむ》けに寝かされ、突かれる。神田の手が内側から刺激されて悶えている性器をなだめ、律動に合わせて緩く扱《しご》いてくれた。

低い神田の吐息が聞こえる。腹の奥まで抉《えぐ》る肉芯が、爆《は》ぜる寸前のように脈打っているのがわかる。

「ああっ、は…あ、ああ、あ、ンッ！」

ひたすら喘ぎ、全身を貫いていく快感に仰《の》け反《ぞ》った。神田が放ったとき、流も巻き込まれるように逐情した。

朝――。

二つあるベッドの片方しか使わず眠り、流は目を開けてから落ち着かなく視線をさまよわせた。

「……」

向かい合わせるように神田が眠っている。やけに顔が近いなと思ったら腕枕をされていて、それに気付いたら、急に恥ずかしくて顔が見られなくなった。

――なんだこれ…？

まるで女の子になった気分だ。羞恥プレイをやられているみたいで、恥ずかしくて死にたい。

「～～」

男となんて、いくらでも寝た。たいてい事が終わるとあっさり解散になるものだが、中にはそのまま泊めてくれる男もいた。寝起きにセックスした相手を見るのなんて、初めてではない。

でも、こんなシチュエーションは、初めてだ。

流はそわそわとする心臓を押さえつつ、そーっと腕枕からずり下がり、そそくさと距離を取った。

――なんだよ……。

まだ心臓がバクバクする。少し遠くなったが、目を閉じた神田の端正な顔に目がチカチカした。見慣れないものを見ているせいだろうか、見ていられないのに、ついつい寝顔に見入ってしまうのだ。

――眼鏡を、外してるからかな。

初めて眼鏡をかけていない神田を見た。

「……」

まあ、どちらにしても顔のいい男であるのは変わらない。流はもぞもぞと落ち着かない自分をどうにかしようと、ベッドサイドに手を伸ばして神田の眼鏡を取った。

かけてみると、頭が痛くなるほど度がきつい。

「うっわー」

「何をやってる」

だしぬけに声がして、流は両手で眼鏡のつるを持ったまま隣を見た。

「あんた、すげード近眼なんだね。視力いくつ？」

かせ、と神田は眉間に皺を寄せて眼鏡を取り返す。普段より前髪が無造作で、その分若く見える。見上げるといつもの仏頂面で、あの面映ゆいいたたまれなさが吹っ飛んだのがありがたい。

流は勢いをつけてベッドから飛び起きた。

「シャワー、先に借りるよ」

ああ、というようなくぐもった声を背中に、流はバスルームで豪快にシャワーをひねった。互いに、昨日の夜のことはなかったことにしたい。そんな気持ちで、あえて今までと変わらない態度を心がける。

「……」

よくあることだ。食事や睡眠が必要なように、男には性欲を発散する場所が必要だ。

当たり前のことだから、それをどうこう蒸し返すのは嫌だった。

真っ白い分厚いタオルで頭を拭き、腰に巻き付けて出る。

「お待たせ。着替えたらメシ行こう」

「ああ…」

神田は寝覚めの一服を吸っていた。別に、変わった様子はない。

——そういうもんでしょ。

流は、着替えながら何故かホッとした。

このままの距離でいたい。どうせ捜査が終われば縁の切れる相手…そう思っていたかった。

◆◆◆

朝食を済ませ、流は神田に引率されて新宿署に行った。昨晩の火災の検証報告や、周辺の防犯カメラの映像の確認結果など、関わらなければならないことが、たくさんあるのだ。

この事件は神田も含めて捜査一課の数人がチームを組んで担当している。神田は流の担当だから、基本的に流の身柄の安全を保てばよいのだが、やはり連携は取らないといけないらしい。

そして、協力関係を結んでいるマトリからも新たな展開が知らされた。多門の部下の深澤に、逃走中の二人が食い付いたのだ。それも、樹里亜ではなく、中野だという。

おびき出して確保するために、包囲態勢の準備が始まった。その間、流は単独行動は許されないので、署内にいるよう指示される。

――タイクツだよなあ……。

空いている取調室をあてがわれたが、圧迫感のある灰色の部屋は、いても何も楽しくはない。ロビーまでだったら自由に動いていいと言われ、流はヒマに任せてうろうろしている。神田は忙しそうで、からかう隙もない。

警察署にはいろいろな人が来る。中二階には落とし物を受け取る場所があって、長椅子がいくつも並んでいる。

老人、旅行者、若い人…入れ代わり立ち代わりやってくる人々を眺め、流は一緒になってその椅子に座っていた。

ふと目の前で立ち止まる人影があって、顔を上げると真面目そうなスーツ姿の男だった。

草食系男子の典型のような、飾り気のない無造作な髪に、骨細で薄い体格に合わせた茶系のスーツ。純朴そうな顔立ちは、社会人になりたて…という初々しさを感じる。

「望月さん」

――昨日、多門といた人か？

なんとなく一瞬見ただけなので、顔はうろ覚えだ。ぼけっとした対応だったせいか、相手は礼儀正しく会釈して名乗った。

「深澤です。多門の部下です」

「ああ……」

樹里亜の担当だ。結婚なんかしたら、いいイクメンパパになりそうだなと思う。深澤は心配そうな顔で言った。

「怪我、大丈夫でしたか？」

火傷してましたよね、と言われて、流も愛想よく返す。

「ありがと。大丈夫だよ。そんなにひどくないって看護師さんに言われたし」

そうですか、と頷くが深澤のほうがなんだか元気がない。普段の顔を知っているわけではないが、どことなくシュンとした様子で、流はああ、と思う。

――そうだよな。樹里亜さんの件で、多門にも叱られただろうし。

その上今度は樹里亜を騙しておびき出そうとしているのだ。明るい気持ちになれるはずがない。

「望月さん、退屈でしょう」

「深澤さんもね。ここ、管轄違うから、かなり居心地悪いんじゃない？」

笑って見上げると、深澤は苦笑して隣に座っていいですか、と聞いてきた。

場所を詰めると、深澤が礼儀正しく座る。

「実際の指揮は捜査一課が執るので、僕もやることがないんです」

でも、彼らから連絡が来るのは、僕にだけですから……と深澤は沈みがちな声で言った。

見ているだけで、なんとなく想像できる。深澤は、本当に樹里亜のことが好きなのだ。

「……あのさ、聞いていていい？」

「はい？」

「捜査に支障があるとこは、言わなくていいからさ」

背筋をまっすぐに伸ばして座っている深澤に、流は労《いたわ》るように尋ねた。

「樹里亜さんと、いつ知り合ったの？」

深澤は黙って流を見、それから目を伏せた。

まるで尋問に答えるように、うなだれて告白する。

「あなたの逮捕の後です。ただ、参考人としていきなり連行するより、まずは泳がせて行動を把握するほうがいいという上司の判断で、僕が客を装って近づきました」

周囲への聞き込みと樹里亜の行動監視で、すぐ中野の存在が浮上した。

「それで、僕が引き続き樹里亜を、上司が中野を担当することになって」

「…そうか」

顔に出さないようにしているつもりなのだろうが、深澤の感情は消せない。

一目惚れだったのか、話しているうちに惹かれたのかはわからない。けれど、深澤は本気で樹里亜に惚れたのだ。深澤は止まらなくなったように話し続けた。

「彼女は、苦労人なんです。飲んだくれの父親のもとで育って、早くに母親が出ていって、学校は中学しか出ていない…」

「…」

典型的な貧困家庭だ。樹里亜はその負のサイクルから抜け出すために上京し、地道にアルバイトで働いた。けれど、あの可愛い容姿が災いして、店長に狙われる。

「そのとき偶然助けたのが、中野だったそうです。樹里亜はそれを、運命の出会いなんだと思っているみたいで…」

「…そりゃそうだよな」

女の子なら夢みるだろう。それがヤクザでも樹里亜には白馬の王子様だったのだ。

俯いたまま、深澤はじっと自分の手を見ていた。

ロビーは相変わらず人が出入りしてざわめいている。忘れ物を受け取って帰る人が、ちらちらと動かない二人を見ていった。

「あんな仕事をしてるのに、彼女は穢《けが》れのない目をしてる。そんなこと言ったら売り上げにならないのに、彼氏がいるからって操を立てて、同伴すらさせてくれないんですよ」

仕事にかこつけて、店の外でもいちゃいちゃしようとした深澤の恋心については指摘しなかった。

要は、どっちも真面目だったということだ。樹里亜は真剣に中野に付いていく気で、深澤はそんな樹里亜をどうにか守ろうとしていた。

「…連絡してきたの、中野のほうなんだろ？」

組の幹部候補だった男だ。今更警察やマトリなんかには頼らないだろう。そう思って聞くと、深澤は頷き、自嘲を込めた苦笑を見せた。

「樹里亜に連絡してたんですけど、感づかれて…」

樹里亜のいないところで、彼女のスマホから電話が来たのだという。

「樹里亜を助けたかったら、出国の手配をしろと言われました。組に、彼女を殺させたくないだろう…と」

手続きは二人分だ。

「…僕のミスです。もし彼女を愛していても、それを表に出してはいけなかった」

こいつは樹里亜を見捨てられないだろう…中野は深澤の感情を盾に取ったのだ。

公務と私情の間で落ち込む深澤に、流はぽんと背中を叩いて笑った。

「でもさ、そのおかげで中野からのアクセスが取れたんでしょ？　ラッキーじゃん」

「望月さん…」

「うまく二人とも捕まえられれば、樹里亜さんを助けることができる」

「…でも、彼女はそれを望んでいません」

警察に中野を引き渡すくらいなら、二人で死んでもいいと、彼女は救出を拒んだという。

深澤は苦悩に眉を顰める。

「助けたいのは僕だけの気持ちです。救出されても、彼女はきっと喜ばない」

そうだろうなと思う。

――こいつと付き合えば、樹里亜さんは幸せになれるのにな。

きっと樹里亜一筋でわき目もふらず、いいマイホームパパになるだろう。こんなにわかりやすい幸せが目の前にあるのに、彼女が欲しいのは、未来のない中野との暮らしだ。

どうして、こう上手くいかないのだろうと思う。

流は眉根を寄せて気付かれないようにため息をつき、深澤を励ました。

「それでも、助けなきゃ。このまま中野といて、自滅するのをほっとくわけにはいかないだろ？」

深澤は気弱な笑みを浮かべる。

「…そうですよね。すみません、あなたも被害者なのに、フォローしてもらうなんて」

「いいって」

笑って言うと、神田の姿があった。いつの間にか、二階に下りてきていたのだ。

「帰るぞ…」

「あ、終わったんだ」

深澤が立ち上がって礼をする。神田も軽く会釈を返し、流はその後に続いてロビーに下りた。

外は夕焼けで、気持ちいい風が吹いている。大きく伸びをすると、神田が振り返った。

「退屈だっただろう。食事は少し遠出するか」

「いいの？」

「ああ。ただし、新宿内は避けておけ」

神田なりに、一日署内に閉じ込めておいたことを、気にしてくれているのがなんだか嬉《うれ》しかった。

「どこ行こうかなあ…ねえ、おすすめはないの？」

「お前の好みを知らないからな」

「うーん」

いざとなると、行きたい場所は思いつかない。

「普段は、どのあたりに行くんだ？」

「…行かないよ」

神田が改めて流のほうを向きなおる。流は夕陽に照らされながら笑った。

「ずっと新宿にしかいない。仕事で出かける以外は、ずっとここだよ」

「……」

神田は何も言わない。けれど、二人とも駅に向かって歩いている。

「……お前は、どうして『代理屋』になったんだ？」

横を向くと神田の眼鏡も夕陽に照りかえっていた。それが、炎の中にいた神田の必死な顔に重なる。

「さあ…なんとなく」

始めようと思って始めたわけではない。あの倉庫に住むときに、風俗店の従業員たちが勤め先を隠す〝アリバイ会社〟の電話回線も一緒に引き受けた。信販会社などからの身元確認用に、代理で出て会社勤めを装わせるのだ。その当時はまだそんな需要があって、電話番をした。それが縁と言えば縁だ。

あとはホストたちの下働きをしていた頃に、よく花屋に花束を発注したり、受け取りに行ったりしていた。そのとき花屋を通して、客の代理でホステスに告白するとか、しょうもない用事を頼まれ始め、いつの間にかそれが商売になった。

顔馴染みになったホステスから、夫役で郷里の葬儀に出てほしいと頼まれる。遠い都会で暮らす娘の様子を親は案じていて、彼女は〝私は幸せよ〟と親を安心させたかったのだ。

子供に肩身の狭い思いをさせたくないシングルマザーのホステスが、参観日に父親の役をやってくれと頼みにくる。難ありの身内と縁を切った女性が、彼氏の両親との顔合わせの席で、兄だと名乗ってほしいと頼ってくる…。

そんなものばかりだ。皆、誰かを不幸にしないために、ようやく摑んだ幸せのために、小さな嘘をつきたくて〝代理屋〟を使う。

「でも、おれはこの仕事好きだよ」

「……」

この街でしか暮らせない。それでいいと自分は思っている。

「あんた、ほんとはどこに住んでんの？」

「…目黒《めぐろ》だ」

「じゃあ、そこがいいな。そこに行こうよ」

神田の住む街が見たい。和食が食べたいというと、神田は黙って頷いた。

茜色《あかね》の空に、ビルの四隅に取り付けられた赤い航空障害灯がゆっくりと明滅を繰り返していた。


目黒の坂の途中にあるとんかつ屋に入り、夕食を食べた。料理人が木製のまな板の上で揚げたてのとんかつに包丁を入れると、サクッと小気味よい音がして、流は歓声を上げてそれを平らげた。

腹ごなしの散歩で権之助《ごんのすけ》坂を下がって川を渡ると神社が見える。

「新宿もさ、もう少しすると、〝お酉《とり》さま〟があるんだよ」

「祭りか？」

「うん、花園《はなぞの》神社でね。一の酉と二の酉で、二回ある」

境内も外も出店が埋め尽くして、夜遅くまで人で賑わう。

「お好み焼きとかさ、美味しいんだ。あ、今日のとんかつほどじゃないけどね」

あれは本当に美味かった、と腹をさすると、神田は笑っていた。

――神田の家って、どのあたりなのかな。

気にはなるが、口には出せない。ここで言えば〝家に上げてくれ〟に聞こえてしまうだろう。家はプライベート領域だ。そして、自分の警護は公務だ。

「ずいぶん来ちゃったね、戻ろっか」

「……」

Uターンして目黒川方向に戻る。橋を渡ると、川沿いは両側に歩道があって、桜の時期はさぞ見ごたえがあるだろうと思われる桜並木が続いていた。

――春は、きれいだろうな。

ビルとアスファルトに囲まれた新宿には、桜がない。新宿御苑《ぎょえん》や代々木《よよぎ》のほうに行けばお花見スポットはあるが、歓楽街の歌舞伎町は、せいぜい街灯に取り付けられるプラスチック製の桜の飾りぐらいだ。

坂道はだらだらと駅まで続く。一歩一歩、坂の急斜面が帰りたくない足の重さのように感じられる。流も神田も、黙って駅まで歩いた。

中野が旅券を受け取る日時が決まった。明日の午後だ。

受け取り場所は花園神社を指定された。中野が駅や雑踏での受け渡しを避けた理由を、神田がホテルの部屋で解説してくれる。

「一見、人混みに紛れて逃げやすいように見えるが、だいたい数十人の私服警官が潜んでいる。取り押さえられて終わりだ」

人里離れた場所は、逆に見通しがよすぎて受け取った後、追跡を振り切れない。土地勘のない場所も追っ手を撒くのには不利だ。

「さすがに、よく逃げ道は考えてる」

神社は二方面が大通りに繋がっている。そこそこ広さがあって昼間は人が少なく、物陰に潜むことはできても、雑踏ほど警察が近づけない。

また、すぐ幹線道路に逃げられる。そう説明されても、流は頷けない。

「そう、上手くいくと思ってるのかな」

仮に羽田《はねだ》まで逃げ切れても、出国ゲートで捕まる可能性は十分考えられるだろう。

何もかもを捨てて、誰も知らない国で暮らす…そんな都合のよい筋書きを、果たして中野は本気で考えているだろうか。

「勝算が少ないのはわかっているだろう。だが、中野はまだこれを深澤の単独行動だと思っているのが救いだ」

深澤が上司を裏切り、樹里亜を助けたい一心で密かに行動している…そういうことにしてある。すべて筒抜けだとわかっていたら乗ってこないだろうが、深澤の情を利用しているだけだと思っているなら、のこのこ旅券を取りにくる可能性は十分あった。

「どのみち、国内ではどこに逃げても組が追ってくる。リスクを冒してでも、高跳びを狙うだろうな」

スマホは、連絡してくるとき以外は電源を切られていて、彼らが転々と移動していることが、断片的にわかっているだけだ。

「……」

中野が捕まれば、この事件は解決する。けれど、予想できる後味の悪さにあまり喜べない。

連泊し続けているホテルの部屋はいつの間にか馴染んできて、流はベッドの上に足を投げ出して座り込んでいる。

クローゼットには神田に買ってもらった着替えがふた揃いあり、壁際の机には神田の煙草の予備が二箱積まれていた。

夜十一時を過ぎて、窓の外には、星空より輝く夜景が見える。ぼんやり目をやっていると、神田が煙草を片手に窓に寄り、カーテンを閉めてテーブルにある灰皿で煙草を揉み消した。

拳銃ごとホルスターを外し、ゆっくり流に近づいてくる。

見上げると、いつもと変わらない神田の顔が見える。表情ひとつ変えず、神田の手が頰に触れ、唇が重ねられた。

「……」

煙草の匂いがする…。

黙って目を閉じると、弾力のある唇は不思議なほどやわらかく押し当てられるだけで、こじ開けよ

うとはしない。そっと離され、目を開けると神田と視線が絡む。

「気が乗らないか？」

「ううん…」

様子見の神田の首に、腕を回す。軽く引き寄せると神田はそれに沿う。二人で抱き合うようにベッドに転がり、神田の上に乗っかる恰好になった。

「……」

神田は優しい。火傷をした右腕を気遣って、たいてい流を上に乗せる。身体を絡ませても、怪我をした場所が下に来ないように、さりげなく胴を抱えて位置を変えられる。

そんな無言の仕草に、流は泣きたいような衝動に駆られる。

「…今日は大人しいな」

首筋を吸われながら、流は神田の頭を抱きしめた。

「そう…？　ん……っ……」

甘い吐息を繰り返し、神田の愛撫に身を任せる。神田は流に快楽しか与えない。

そういうセックスは、したことがなかった。

「…ぁ……」

肌をなぞる指に、さざ波のような心地よさが走る。愛撫に反応すると、神田はその場所を何度も責めた。でも、決して無茶はしない。流は脱がされながら与えられる刺激にびくりと身体を揺らす。

――……。

セックスは、その人の本性が出る。

自分勝手な人間は、自分本位のセックスしかしないし、征服欲の強い人間は、相手の感情を無視して従わせる。想像力のない男は、AVで見た通りの手順で抱く。ケチな男は、少しでも自分が損をする奉仕などしない。金で買うならなおさらだ。払った分の元を取ろうと、自分の快楽だけを貪る。

神田のセックスは優しい。相手を気遣い、快楽だけを与えようとする。そうされるたびに、流は泣きたくなった。

こういうセックスは、したことがなかった。

抱きしめられるたびに胸が痛くなる。神田は、恋人ではない。

――明日……。

中野が捕まれば、この生活は終わる。自分はまたあの倉庫兼事務所に戻って暮らすだろう。神田も本来の場所に戻る。

優しさに、溺れてはいけない。

依頼してくる客も、人生の中で関わってきた誰もがそうだった。一緒にいる間は、皆優しい。けれど、その場限りの優しさを、愛情とはき違えてはいけないのだ。

これは、今だけの関係…。

「あ…、あ、っ…」

胴を抱かれて揺らされる。貫かれる快感と腕の感触に、たまらない気持ちになる。流は目をつぶってその感触を追い、神田を抱きしめた。

——神田…。

翌日は朝から雨だった。二人とも早めに起き、新宿署に入る。花園神社とその周辺には五十人態勢で包囲網が敷かれていた。

神社にも協力してもらい、境内の蔵から軒下まで、複数の私服警官が潜み、大通りも配送トラックの運転手やバイク便に扮装《ふんそう》した警官がスタンバイする。流は、神田がミーティングに参加している間、中二階の長椅子で待った。落とし物を受け取りにくる人々を眺めていると、神田が来る。

「お前は、今日一日ここにいろ」

「なんでさ」

「黒嶋会も、中野を追っている。現場に来る可能性もあるからな」

組はまだ代理屋への疑惑を解いていない。危険回避のために署にいろという指示に、流は目を伏せて頷いた。

「わかったよ…。捕り物のときはここにいる。でも、それは午後だろ？」

昼飯は外がいい、とリクエストする。明かりは点いているが、雨なのでガラスの向こうも暗く、一日中建物の中にいるのは気が滅入る。

神田は難しい顔をしたが、短くため息をついて承知してくれた。

「そんなに時間は取れないから、近場だぞ」

「うん…ありがと」

きっと、本当は忙しいのだ。我儘を聞いてくれたことに、素直に礼を言って流は署の外に出た。

「すげー、土砂降り」

「中野には都合がいいな」

雨の日は、傘が視界を遮る。顔の認証がしづらいから、逃げる者には有利で、追う者には不利だ。

神田は厚い雨雲を見上げて、傘を差した。

「濡《ぬ》れるから、地下に入ろう」

「ああ」

早々に地下道に入り、手短に、と言われたので地下街の店を見る。

立ち食いそば屋でいいかな、と思って歩きながら、ふと記憶が浮上してきた。

思わず歩みを止めて、地下街の雑踏を凝視する。

「どうした？」

「…最初に樹里亜さんに会ったとき、彼女、コインロッカーの前にいたんだ」

——どうして気付かなかったんだろう。

「おれ、待ち合わせ時間の五分前にそこに着いて…」

荷物を入れていたから…だからバッグをごそごそしていたのだと思っていた。

でも、住まいが荻窪で、わざわざロッカーに入れるほどの大荷物などあるだろうか。

もし、樹里亜がコインロッカーに〝何か〟を預けて、その鍵を商品券に入れていたら…？

——あの中には商品券しか入ってなかったって言ってたけど…。

瞬きが止まる。あの場所のコインロッカーは、鍵ではなくカード式ではなかったか。

「流？」

「…ちょっと、こっち来て」

「おい！」

流は神田の腕を掴んで走り出した。もしかして、自分だけが知っている大事な情報を見逃していたのではないか。

「…おれって、なんてバカ？」

「流、どこへ行くかぐらい言え」

「コインロッカーだよっ！」

丸《まる》の内《うち》線側から回って、アルタのある東口へ走る。人を除けながら全速力になった。

途中まで、樹里亜が何も知らないと思い込んでいたからその可能性に気付かなかったが、彼女は、中野が麻薬を受け渡していることは、知っていたのだ。

――樹里亜さんはあのときひどく緊張していた。そして、問題のドローンはまだ見つかっていない。

胸騒ぎと推理が当たっている予感がする。

流は十日前に待ち合わせた場所に駆け込んだ。

「…やっぱりだ」

「…」

コインロッカーは、カード式だった。レシートが出てどの番号のロッカーに預けたかの記録が残り、スイカやパスモのようなICカードが鍵の役目をする。流はロッカーを前に、息を切らしたまま神田に説明した。

「樹里亜さんは、ドローンを入れたコインロッカーの鍵を渡したんだと思う」

商品券はデパートの包装紙で梱包《こんぽう》されている。けれど、薄いICカードとレシートなら、包装紙の間に挟むことができる。

「確かめなかったのか」

神田に問われて、流は首を横に振った。

「預かる金品類は触らないのが原則なんだ。披露宴の代理出席とかをやるときもあるから」

ご祝儀をのし袋ごと預かる。中身は金だから、抜き取るなどの嫌疑がかからないように、自分は一切触れないと客には説明している。

商品券はデパートの紙袋に入っていた。包みを開けなくても、梱包の間に差し込まれていたのなら、榎本は引き抜くことができたはずだ。

「ＩＣカードとレシートを抜いて、外に放り投げたのか…」

神田が苦い顔をして呟《つぶや》く。商品券は路上で発見された。榎本は用済みになったからそれを捨てたのだ。

同時に、表情を引き締める。

「榎本は逃げ切った後、殺されている。もしかすると、もう中野にブツを取られてるかもしれないな」

確かめる方法は…と考えていると、神田はコインロッカーに貼られている連絡先に電話をしていた。

「恐れ入りますが、こちらまでご足労いただけますか」

相手は了解したようだ。神田は通話を切って流のほうを向く。

「駅構内に事務所があるそうだ。すぐ来る」

「手際いいね」

そういうところはさすが刑事だと思う。神田は慣れた様子で駆け付けた業者に身分証を見せ、この中で一週間以上預けられたままのボックスがあるかと尋ねた。

管理会社の制服を着た老人が即答する。

「事務所ですぐわかりますよ。うちは一週間ごとに中身の確認をしてますから」

こっちです。と先導し、最近は何があるかわからないですからね、と世間話のように言う。

「ほら、爆弾とか、危ないご時世でしょう。上からも指導されてるんですよ。あと、赤ちゃんとかぺットとか、笑いごとじゃなく、いろいろ置いてかれちゃうんで」

それはそれで別な事件になりそうなことをさらりと言いながら、紺色の制服を着た老人は駅の一角にある管理事務所に案内してくれた。

職員たちの休憩場所になっている長机とパイプ椅子の並ぶエリアがあって、その奥にドアのない小部屋がある。

「こっちです」

電気を点け、さらに奥のドアの、丸いドアノブに古めかしい鍵を入れて開けた。そこに、一週間以上経過した荷物が並べられていた。

「手前から日付順です。荷物の前に置いてあるのが、預けられた日ですね」

手書きのメモ用紙に、赤いマジックで日付が入っている。流と神田は逮捕された日のところまで遡り、黒い大ぶりのビニールバッグを見つけた。

神田が、開けさせていただきますよ、と職員に断りを入れる。

男物とわかるバッグのジッパーを開けると、中にケースに収められたドローンと、コントローラーが見えた。

——あった……。

二人で顔を見合わせる。間違いなく、これは中野のドローンだろう。

「署に運ぶ」

「うん」

神田は職員に証拠品として警察が押収する旨を伝え、管理会社のほうで必要な手続きがあるかを尋ねた。その間、流は開けられたバッグの中を見ていた。

ドローンは幅四十センチぐらいのものだ。機体は黒くて、四か所にプロペラがあり、胴はやや丸く、着地用にスキットが付いている。動かないようにちゃんとウレタン入りのケースに入っていて、コントローラーを入れるスペースも付いていた。

コントローラーは両手で操縦するようにデザインされていて、真ん中には小さめのタブレットのようなモニターが付いている。榎本に会いにいったときも、他の操縦者がこんな形のものを首から下げて競技していたのを見た。

「流、行くぞ。悪いが昼飯はなしだ。すぐ署に戻る」

「うん」

バッグはすぐに持っていってよいことになった。神田は指紋が付かないように、バッグをさらに大きな紙袋を借りて入れ、片手で持って事務所を出る。

「ご協力、ありがとうございます」

丁寧に頭を下げる神田の隣で、流は感心する。

「態度でかいのかと思ったら、すげー下手なんだね」

「警察官は公僕だ」

「…おれのときはだいぶ違った気がするけど」

むくれると、神田は地下街を歩きながらしれっと言う。

「あのとき丁寧に挨拶してたら、お前今頃死んでるぞ」

「……ちぇ」

いいように言いくるめられたような気がしないでもない。けれど、気分は悪くなかった。何はともあれ、ドローンは見つかったのだ。

流は先を急ぐように軽やかにスキップし、遅れて歩く神田を振り返る。

「でもさ、おれ、お手柄だね！」

「…」

「？」

笑いかけたのに、神田が驚愕《きょうがく》する。鋭い声に、流は笑ったまま足を止めた。

「流！」

いきなり後ろから何かが頭に被せられ、視界が真っ暗になった。

——な……。

「ッ！」

腹に拳の衝撃がきて、胃が逆流する。呼吸が止まり、身体はくの字に曲がった。傘は手から離れ、両腕を左右から摑まれてそのまま引きずられる。

「流！」

——神田……。

声は聞こえたが、悲鳴に掻き消された。

蹴り上げるような物音や、くぐもった男の唸《うな》り声が聞こえたが、何がどうなっているのかわからない。ただ、叫ぶ女性の声や、わあわあ言う雑音で神田の様子がわからない。

——静かにしてくれよ。神田の声が聞こえない。

流、という声がどんどん遠くなる。引きずられる足を、必死に地面に押し付けて抵抗しているが、まるで荷物のように持っていかれる。

——クソ……。

声が出ない。殴られた衝撃で、ゲホゲホと咳《せ》き込む。

苦しくて吐きそうだ。けれど、頭のどこかが冷めていて、この事態を悔いている。

神田も悔しいだろう。まさか、こんなに人目のあるところで襲撃されるとは思っていなかったはずだ。地下道は監視カメラがたくさんある。鉄道警察もいるし、上には交番もある。

こんな場所で、こんなに堂々と誰かを拉致するなど、誰も想定しない。

——ごめん……。

聞こえなくなる神田の声に謝りながら、流はどさりと車に積まれたのを感じた。

◆◆◆

「流！」

神田は叫びながら走り、止めようとする男たちを足技でなぎ倒した。片手にドローンを入れた袋を持ち、傘は捨てた。だが周囲に人が多すぎて拳銃は使えない。

男たちはバンダナで目から下を覆い、フード付きパーカーで頭も隠している。

どこにでもありそうなジーンズ、特徴のない灰色のニットパーカー。あとで追跡しにくいように、全員同じ恰好だ。おそらく、ここを出たらパーカーを脱ぎ捨てるのだろう。

二人がかりで流を運ぶ男たちが階段を駆け上がっていく。地上に出られたら終わりだ。車で連れ去られる…。神田は廻《まわ》し蹴りでバンダナ男の顔を吹っ飛ばし、ドローンを抱えたまま階段を二段飛ばしで駆け上がった。

なんとしてでも、ナンバーだけは押さえないと…。

「…………」

出たところは上に山手線の高架と靖国通りが交差している通称〝大ガード〟のすぐ前だった。交通量は多く、車がひっきりなしに走っている。

神田は荒い息のまま道路を見据えた。

灰色のアスファルトは、走り去る車が水しぶきを跳ね上げている。叩きつけるような雨で、昼だというのに夕方のように暗い。

片側二車線で、この位置からだと、直進して西新宿に向かうのと左折して東口ロータリーに向かうのと、どちらも考えられた。これでは、車両は追えない。

――流……。

神田はスマートフォンを取り出し、チーム内で署に待機している者に連絡した。

「参考人が拉致された。今から言う番号のＧＰＳを取ってくれ」

すぐに電源を切られても、最後に発信記録が残った場所と時間で、車両の特定はできるかもしれない。

――すまない…流。

自分が付いていながら…と腹立たしさが込み上げる。黒嶋会が、そこまで流の確保にやっきになっていると気付かなかった自分の落ち度だ。

「……」

なんとしてでも助ける。神田は奥歯を噛み締めて新宿署まで駆け戻った。


署に着いて、ドローンはすぐに解析班に渡した。多門を始め、今回のチームの大半はすでに花園神社とその周辺にスタンバイしている。神田は待機班のデスクに駆け寄った。

「参考人の位置情報は取れたか」

「はい、大久保《おおくぼ》二丁目です。現在も信号発信中」

通信会社からの情報協力で、流のスマートフォンはまだ電源が切られていないのがわかる。

——これ以上の応援は頼めない…。

人数はギリギリだ。今から花園神社に待機しているチームの戦力を割くのは共倒れになる危険がある。

「……」

神田は予備で配属されている待機班一名に声をかけた。

「単独で参考人の救出に当たる。位置情報を常に俺に送ってくれ。俺の返信が二十分以上なかったら、追跡して踏み込んでほしい」

「はい…」

待機班は神妙な声で返事をした。

黒嶋会が欲しいのは横流しの犯人と榎本の顧客だ。流に吐かせるつもりなら、すぐには殺さない。

ひとりで踏み込むのに限界があると判断した場合は一度退く。中野を捕り終えてから援軍を回してもらうしかない。神田は覆面車を出し、大久保へ向かった。

——流…無事でいてくれ…。

◆◆◆

「……ってー」

車から担ぎ上げられ、流はどすんと床に置かれて肩を打った。よりによって火傷をしているほうだ。両腕と両足はビニールテープで結束され、麻袋を被せられたままだった。

相手を刺激してはいけないとは思うが、痛みのあまり、思わず声が出る。けれど心の中は冷静だった。

——車はそんなに走っていない。

体感では十五分から二十分くらいだ。途中信号で何度か停まったし、猛スピードで走っているような加速は感じなかった。自分の感覚が合っていれば、そう遠くには来ていないはずだ。

「っつ！」

ぐいっと麻袋を摑まれ、上半身を引っ張って起こされる。首が絞まって思わずぐえっと吐きそうな声を上げた。

「だいぶ手間かけさせてくれたじゃないか」

ドスの効いた声が響く。流は咳き込んだだけで返事はできなかった。

取ってやれ、と命令があって、両脇にいた人間が麻袋の縄をほどいて外す。呼吸するたびに埃《ほこり》っぽい空気が肺に入りこんでいた流は、新鮮な空気に思わず呼吸を大きくする。

「お前、けっこう、あの辺じゃ名の知られた代理屋らしいな」

顔を上げると、熊のように顔回りにひげのある五十代ぐらいの男が不敵に笑っている。

「……」

場所はどこかの倉庫だった。床はまだ新しい感じのコンクリート。天井は高く、二階分ぐらいありそうだ。左側のかなり上のほうにアルミサッシの小窓がある。
七、八個無造作に積まれた車のタイヤ。上部には重機用の鉄製レールが渡されていて、作業用の鉄鎖が下りている。木製パレットにはラップ梱包された段ボールが積まれており、その近辺には乱雑に工具が散らばっていた。
――ヤバいな。拷問にはぴったりな場所じゃん。

ちらりと視線を巡らせると、視界の端のほうにシャッターが見える。真後ろが出入り口だ。外の雨音がシャッター越しに鈍く聞こえていて、ちょっとやそっとの悲鳴では、外には響かない気がした。

「きょろきょろすんじゃねぇよ」

「っつ」

髪を摑まれてガクガクと揺すられる。熊ひげ男は笑っていたが、痛めつけることには躊躇いがなさそうだ。

「サツに匿《かくま》ってもらうなんざ、ずいぶん厚かましいマネするじゃねぇか」

なんの取引をした、と凄まれて、流は彼らが自分をどう見ているのかを理解した。

警察に保護を依頼したと見なしているのだ。身柄を守ってもらう代わりに、彼らに情報を売る。アメリカなどの法律でいう司法取引のようなことをしたと思っている。

「本当に何も知らないんだ。知らないものはしゃべりようがないから、警察が助けてくれただけで」

「中野はどこにいる」

——あー、駄目だ。全然信じてもらえないわ。

殊勝に言ったつもりだったが、ハイそうですかと納得されるわけはないだろう。

いきなり強烈な蹴りを食らって流は目を剝《む》いた。横に吹っ飛んだが、相手はさらに追ってきて硬い靴底で踏みにじる。

「ごふッ……！」

流は身体を丸めながら顔をしかめた。

「上等じゃねえか。お前、見かけによらずやられ慣れてるなあ」

——っとに、ヘンなとこ鋭いから、本職の人って嫌だよ。

殴られたり蹴られたりするとき、不慣れな人間は驚いて硬直する。それではもろに衝撃を食らってダメージを大きくする。逆説的に聞こえるが、蹴られるときは蹴られるままに、逆らわず吹っ飛んでおくほうが痛みは少ない。

——相手にも満足感があるしね。

ホストの下っ端いじめくらいだと、この程度で相手の気が済むのだが、ヤクザだと、さすがにそんなものでは誤魔化されてくれない。

「…ぐふっ！」

転がった先で、流を連れてきた男二人も参戦してきた。顔面といわず背中といわず、遠慮なく蹴りが入り、骨にガツンと当たる衝撃で、流は内臓側を守って丸まったまま激痛に呻いた。

「がはっ…ぅ……っつ」

蹴られた場所が、電気を流されたようにビリビリと痛む。自白させるのが目的だから、力任せだ。

三人がかりで蹴りまわされ、身体はサッカーボールのように転がった。

「ぐはっ……ぐ、……ぅ…っつ」

呼吸がどんどん荒くなる。

——……まずい……どこか折れたか？

アドレナリンが急上昇したみたいに、ハッ、ハッと息が上がる。内臓か骨か、どこかが致命的にやられた気がした。

このままだと、すぐには死なないだろうが、身体はもたない。

——中野の取引場所を教えるのは……やっぱり駄目だよな。

知らないと言い張ったところで、マトリの取り調べでも信じてくれなかったのだ。彼らが納得する頃には半殺しにされているだろう。

——捕り物のタイミングから、少しずれてれば、許されるかな。

逮捕後に到着しても、中野の来る場所を吐いたことにはなる。それに、そこに自分も連れていってもらえれば、どうにか警察側に逃げられないだろうか……。

大事なのは、捕縛自体を邪魔しないことだ。十分タイミングをずらさないといけない。だが、ずらしすぎて誰もいなくなってからだと、今度は自分が助からない。

——そんな都合いいタイミングなんて、計れるか…。

「可愛げねえなあ。お前、そんなに痛いの好きか」

「…っ……ッ……」

マゾじゃないよ、と軽口を叩きたいが、とても声は出ない。

口の中が切れている。鉄の味がして、口を開いたらどばっと血がセメント床に流れた。

「ぐ…は……っ」

「寝っ転がってるとしゃべりにくいだろう」

——吊られる。

じゃらりと鉄鎖を引く音がする。鉄パイプをセメント床に引きずる音がして、流は血を吐きながらひゅーひゅーと声を出した。あれで殴られたら、ヘタをすると死ぬ。

——こいつらならやりかねない。

もともと情報が取れないかもしれないのも計算の上で拉致したのだろう。情報が得られれば御の字、駄目なら始末してしまえという腹なのかもしれない。

「…っなかの…っが、来る場所……なら、知ってる……」

男たちが手を止めた。罪悪感は頭のどこかにあるが、これ以上は無理だった。切れ切れの息で、話すたびに口の中が血でいっぱいになる。

「…くわしい、場所、教えるから……車のっけて」

バカ言え、という冷笑に、流は必死で言葉を継いだ。置いていかれたら、助からない。中野がいてもいなくても、おそらく報復で自分が消される。

「これで、どうやって………逃げんの……」

男たちが一瞬黙った。

――あと一押しだ。頑張れ……おれ。

「おれ、いないと……詳しいばしょ……わかんないと、思うよ」

熊ひげ男はしばらく黙ってから、乗せろ、と手下に顎をしゃくった。

男たちは流の頭を摑んで立たせ、車に引きずりながら、気が付いたように床に転がったスマートフォンを見つけ、踵《かかと》で踏みつけて壊した。

車は黒のバンだった。両手はビニールテープで結束されたまま、足は歩かせるために切られ、口にガムテープが貼られた。

後部座席に転がされ、両脇のカーテンが閉められる。

「しゃべるときだけ外してやるからよ」

その前に、口に溜まっていく血で窒息しそうだ。目で必死に訴えると、一度外してくれた。

「血…止まんない……」

「ぎゅっと噛んどけ」

——それだけかよ……。

けれど、意識が朦朧《もうろう》としてきて、それ以上は会話ができない。

出血のせいか、顔面が冷たくて、血の気が引いてくらくらする。流は後部座席で転がったままじっとしていた。

「おい、花園一番街のどの店なんだ」

——今、何時かな…。

受け取りは三時だったはずだ。三時前は駄目だ。黒嶋会の姿を見たら、中野は逃げるだろう。逮捕後に、どのくらいその場に警察がとどまってくれるのかはわからないが、三時半を過ぎると、遅い気がする。

「オイッ！　どこだって聞いてんだよっ！」

助手席から身を乗り出し、男が身体を揺さぶる。流は暗くなっていく視界に、目を凝らしながら答えた。

「店の…なまえが、うろ覚えなんだ……」

「ンだとゥ！」

「だ、ら…、看板で、……見たら、わかるかな…って……」

細い路地だ。バンでゆるゆると走りながら折り返すか、降ろして引きずり回してくれれば、覆面警官の目に留まる。車から降ろしてもらえなかったら、店を探すふりをしながら、運転席のデジタル時刻表示を盗み見て本当の場所を吐くつもりだった。

「…おれ、は……ほんとに……無関係、なんだ……小耳に挟んだ、だけ、で……」

声を出そうとするたびに、胸から背中に激痛が走る。息が詰まって、音量はこれ以上出せそうになかった。相手は苛立っていたが、嘘や誤魔化しではなく、これ以上しゃべれないのだということはわかってくれたらしい。チッと舌打ちをしたが、言葉通りに花園神社の裏手にある飲み屋街に向かう。

花園一番街は、新宿ゴールデン街の一角だ。場所は文字通り、花園神社の真裏に当たる。小型の車ぐらいしか入れない小道に二階建ての木造モルタルの古い建物がくっつきあうように建ち、火災が起きたらひとたまりもないくらい狭い。

——見つけてくれ……。

覆面警官は花園神社の周りを取り囲むように潜んでいるはずだ。中野を追っているのだから、黒嶋会の構成員については、多少顔の認識はあるだろう。運よく、運転席の顔ぶれだけでピンと来てくれることを祈るしかない。

——駄目だ。もう目を開けてらんない。

激痛を訴える背中やわき腹が、熱を持っているのがわかる。流はぐったりと目を閉じた。

◆◆◆

神田はGPSの情報をもとに、大久保の路地を走っていた。新大久保の賑やかな韓流街から一本裏手に入ると、そこは普通の住居が多い。

戸建て、古アパート、マンション。こんなところにあるのかと意外に思う公立の小学校、二十四時間の保育所、韓流街から進出してきた飲食店がある中、示された住所にはメーカーの倉庫があった。少し離れて車を停め、様子を窺う。

「……」

外から見る限り静かだ。雨は小降りになったが、天気が悪いせいで、人通りは少ない。倉庫の前は車一台分がコンクリート敷きになっていたが、そこだけ少し濡れ方が違う。

泥で汚れたタイヤの跡がまだ新しくて、ついさっきまで停車していたような様子だ。神田はそっと倉庫の外周を回り、まったく物音がしないのを確認して、シャッター横のドアに手をかけてみる。ドアは施錠されていた。

位置情報はこの場所が最後だ。

――……。

嫌な予感がする。

神田はドアノブに銃口を向け、何発か撃って壊し、ドアを開けた。

飛び込むと、荷物と工具が散らばる真ん中に、どす黒い血だまりがある。

――流……。

地上数十センチまで下げられた鉄鎖、無造作に投げ出された鉄パイプやパイプレンチに戦慄が走る。

さらに見回して、ひび割れた流のスマートフォンを拾い、ぎりっと奥歯を嚙んだ。

この血は流のものだ。

いても立ってもいられないような気持ちになる。

――死ぬ？　流がか？

そんなはずはない…。心は否定するが、頭は冷静に大量の血だまりを見ている。

ヤクザにとって人の命がどれだけ軽いかなど、嫌というほど見てきている。家族や友人、親しい人間を殺されて、半狂乱になっている被害者の関係者にも、何度も接してきた。

命は、怖いほどあっけなく終わってしまうのだ。

「……」

人を食ったような言動で、大の大人とは思えない屈託のない笑みを見せた。老人のように悟り切った眼をするかと思えば、子供のように拗《す》ねたりする、流の顔が次々と脳裏に浮かぶ。

——流……。

慣れたようなそぶりで誘ってくるくせに、しがみついてくるときの、躊躇うような顔がたまらなかった。

本当に、流を失うのだろうか。あの笑顔は、もう二度と自分に向けられることはない…?

数秒先には、いやもうすでに現実となっているかもしれないことに背中がぞくりとし、神田は反射的に走り出していた。

——向かうとしたら花園神社だ。

ここに死体がないなら…少なくとも車が移動したのなら、流は彼らに何かをしゃべったのだ。

流は榎本の密売先も、中野の持っている麻薬の行方も知らない。知っているのは、今日の受け取り場所だけだ。話せるとしたら、これしかない。

車を急発進させる。ここから花園神社までは、車なら数分だ。

「……」

ちらりと時計を見ると、三時まであと少しだった。車はワイパーを動かしていたが、雨はだんだんと止《や》み、空がうっすらと白くなっている。

——流は、素直にはしゃべらないだろう。

中野と樹里亜のために、黒嶋会を遠ざけようとするはずだ。偽の情報を流すか、少しでも到着を引き延ばす出まかせを言うだろう。流は、そういう奴だと思う。

やめておけ、と心の中で呼びかける。

——それで、自分の命が危なくなるんだぞ。

間に合ってほしいと思う。組員たちが激高して流を殺してしまう前に、彼を取り戻したい。

「……」

風が強く、雨雲が足早に流れていく。神田は、信じてはいない神に無事を祈った。

◆◆◆

——………ぅ……。

流が意識を取り戻したとき、車は停止していた。口の中は相変わらず鉄の味がして、流は顔をしかめた。

ここから外を歩かせてくれるのだろうか、それとも、車内から窓の外を見せてくれるのだろうか。

頑張って首を運転席側に向け、顔を上げようとしたとき、熊ひげ男の低い声が耳に飛び込んできた。

「中野の女だ、撃て」

——樹里亜さん！

痛みが走るわき腹に顔を歪ませながら、流は必死で首を反らせ、窓の外を見る。

——なんで、……神社の前に……。

車は花園神社正面の道路に停まっていた。参道はひと気がなく、石畳を歩く茶髪の後ろ姿が見える。

頭の中にいろんなものが押し寄せた。どうしてここに車が停まったのだろう。今は何時なのだろう。

警察は、中野は…何故樹里亜がひとりでいるのか。

助手席でカチリと撃鉄を起こす音がして、すべての音が消えた。

「……！」

一秒が、まるでスローモーションのように長く伸びる。

身体の痛みは、その瞬間すべて忘れた。ただ夢中で後部座席のシートを蹴り、助手席の窓から銃口を構えている熊ひげ男に頭突きをかます。喉が裂けるような声を吐き出した。

「逃げて！」

樹里亜が、ゆっくり振り返った気がした。

手にしたピンク色の傘が宙に舞う。誰かが飛び出してきて、銃声は数回続いた。四方から人が駆け、バイク便を装った警官が銃を構えて振り向き、誰もいないはずのバンのドアが開き、神輿《みこし》を格納する白い蔵から、本殿の床下から、制服の警官が走り出してきた。

何もかもが、上がりかけた雨の中で、コマ送りのように見える。

——空が……。

視界がぐるりと回り、雲の切れ間から青い空が見えた気がした。

硝煙の匂いが、鉄の味と一緒になって鼻の奥に漂う。流は熊ひげ男に腕で叩きつけられた。

「流！」

——神田の声が聞こえる。

幻だろうか。火事のときの記憶だろうか。

「流————ッ！」

抱きしめられた気がして、流はそのまま目を閉じた。


数時間後——。

流は病院のベッドの上で麻酔から覚めた。

消灯後の暗い部屋で、頭上の壁側だけがライトで照らされ、周囲を白いカーテンが遮っている。身体は動かなかった。目だけ動かすと点滴パックが目に入り、そして反対側に神田の姿があった。

「目が覚めたか」

「…」

返事をしたいが、口も動かなかった。神田はそっと手で頬に触れた。頬がガーゼと医療用テープでごわごわしている。

「だいぶ口の中が切れてる。しゃべれないだろう」

微かに頷くと、神田は額に触れ、髪を掻きわけるように頭を撫でた。

言葉もなく、労るように触れる手に、泣きたい気持ちになる。

「肋骨《ろっこつ》を二本骨折している。折れた骨が肺に刺さっていてな。プレートで固定するための手術をした。麻酔が切れると発熱と痛みが出る」

だが一時的なものだから、心配するな…と髪を梳きながら言う。流は小さく頷いた。

神田が立ち上がりかける。流は必死で右手を動かし、毛布から手を伸ばして神田のジャケットの裾を摑んだ。

神田は、苦悩した顔で無理に笑みを作った。

「大丈夫だ。事後処理を終えたら、また来る」

「……」

摑んだ手の上に手を重ねられる。けれどその手が、ゆっくり自分の手を剝がそうとしているのがわかる。

「すぐ来る」

〝また〟とか〝今度〟とかいう言葉は嫌いだ。皆、笑顔でそう言いながら去っていく。

事件は終わったはずだ。中野はおそらく死に、樹里亜は保護されたらしい。もう、これで神田が自分を保護する理由は何もない。

この手を離したら……もう、神田には二度と会えないだろう。

「……」

なりふり構わず神田を見つめた。神田は眉間の皺を深くして手を握り直し、丸椅子に座った。

話したいのに、声が出ない。口をわずかに開くと、神田が流の頬を手で撫でた。

「大丈夫だ。どこにも行かない。だから、眠れ」

《大丈夫よ。ママはどこにも行かないわ……》

母はそう言って流を眠らせ、夜の街に出勤していった。目を覚ますとたいてい部屋には薄茶色の小さな電球が点いていて、部屋の中には誰もいなかった。

《ママ……》

薄闇の中で何度も母の名を呼んだ。あれほど約束したのに、母はいないのだ。どんなに行かないでと頼んでも、指切りは毎晩反故《ほご》になった。

そうしなければ暮らしていけなかった。納得できたのは、大きくなってからだ。母親を恋しがる心が枯れ果てて、そういうものなんだとすべてを受け入れた後のことだ。

どんな約束も、目を開けた時にある現実がすべて……。

夢は、眠っている間に見るものではない。遊園地のパレードのように、夜通し輝くネオンのように、起きている間だけ見られるひとときの幻だ。だから、目をつぶってはいけない。

――起きたときには、無くなってしまう。

鎮静剤のせいだろうか。沈んでいく意識に、流は抵抗しながらも抗《あらが》い切れなかった。

発熱が続き、意識が戻ったり朦朧としたりを繰り返し、はっきり目が覚めたのは二日後だった。かいがいしく看護師たちが面倒を見てくれて、腫れ上がった頬も、どうにか黄色と紫のアザに治まりつつある。

打撲した頬や腕、背中や脚には大きな湿布とガーゼを当てられ、日に二回取り替えてもらい、口の中の傷が落ち着くまでは点滴で過ごした。

窓に一番近いところにあるベッドで、日中は窓側のカーテンを開けてくれる。横になっているだけだから、きれいな青空しか見えない。

「……」

収容されたのは歌舞伎町にある病院だった。大型映画施設の裏手にあって、流はなんでも歌舞伎町内で収まってしまうんだなと、心の中で苦笑した。

病室には入れ代わり立ち代わり人が来た。

所轄の警察官、深澤、花園神社での一件を聞きつけたホステスの梨々華…。彼女は、樹里亜を紹介したことに責任を感じているらしく、わざわざ新宿署に出向いてまで、流の入院先を聞いてくれたのだという。

警察官は状況の簡単な説明と、入院の費用についての話をしていった。お金の心配は要らないそうだ。

……神田は来なかった。

「………」

あのとき、救急車に乗せられるまでのことを、うっすら覚えている。抱き上げられて運ばれる感触があった。神田が〝救急車を〟と叫んでいて、そして、救急車両が到着するまで、流は撃たれた中野と樹里亜のそばにいた。

中野を撃った弾は内臓を貫通していて、止血はされたが自分も含めて動かせる状況ではなく、救急車の到着待ちだった。

隣で樹里亜が半狂乱で中野の名を呼び続けていた。静かになったのは、中野が最後の声を振り絞ってからだ。

《幸せにしたかったんだ……ここを、出て……》

見舞いにきてくれた梨々華から、本当のことを聞いた。彼女は樹里亜の捜索に絡んで、深澤と面識ができたらしい。樹里亜のことも、今は自分の部屋に住まわせて面倒を見ているのだと言った。

《中野は、樹里亜を深澤に託すつもりで取引を持ち掛けたのよ》

自分はもう逃げられない。けれど、黒嶋会に自分の女だと見なされた樹里亜を、ひとりにすることはできない。マトリの深澤なら、組から防御できると踏んだ。

一緒に逃げようとしたものの、現実が見えたのだろう。組に殺される前に、自分のもとから去りたがらない樹里亜を引き渡したかったのだ。

旅券を取ってこい、お前ひとりなら深澤は安心して顔を出す…そう言い聞かせて神社に送り出したのだという。背後で見守っていて、撃たれると気付いたとき、庇って飛び出した。

梨々華は見舞いに来てくれながら、言い聞かせるように話す。

《流ちゃんがいようがいまいが、結果はきっと同じだったわよ》

あのとき、自分が捕まってさえいなければ…。目を覚ましたりうとうとしたりしながら、心の中で何度もそう思っていた。姉御肌の梨々華は、そんな流の心中を見抜いているかのように、深澤から仕入れた話をしてくれる。きっと、流に教えるために、深澤を締め上げて聞き出したのだろう。

《中野は麻薬を扱った上に、榎本を殺してる。そのうえ放火もしてるんだもの。捕まったら、よくても無期懲役よ》

榎本を殺し、流を消そうとし、逃走中は証拠隠滅を図って樹里亜の部屋に火炎瓶を投げた。もちろん、中に流がいることをわかって狙ったのもあるが、そもそも神田と流が部屋に行かなくても、樹里亜の遺留品をすべて焼却するために放火する予定だったらしい。これは梨々華ではなく、見舞いに来た深澤から聞かされた報告だ。

これだけのことをしたのだ。無事に刑期を終えて出てきても、組は組織を裏切った中野を許さないだろう。何年経《た》っても、いや、獄中でも報復される。

中野は無茶をした。確かに若手の中では幹部候補だが、組は弱体化し始めていて、出世には上の世代が詰まっている。中野がそれなりのポジションに上り詰めるまでには、この先軽く十年以上かかるのだ。それが見えていたから、中野は焦った。

平凡な暮らしを望む樹里亜との結婚を、十年、二十年先まで待つなど、とてもできない。

梨々華は『だってあの子、まだ二十二だもの』と悲しげに笑った。

若いときの一年は、果てしなく長い年月に思えるものだ…と梨々華は自分だってまだ二十代のくせに、やけに悟った顔をして言った。待てなかったのだろう。少しでも早く自由にできる金を作るために、榎本の話に乗ったのだ。

組は、そんな中野になんとしても落とし前をつけさせる気だった。そして中野と同時に姿を消した流についても捜索が続いていた。用意周到に地下街で拉致されたことを、やはり梨々華は知っていて、面白そうに教えてくれた。

《知ってる？　あいつら、流ちゃんのこと警察署で見つけたのよ》

たまたま、財布を落とした間抜けな奴がいたらしい。財布は親切に交番に届けられていて、管轄内の警察署に保管された。仕方なしに受け取りにいって、長椅子にぼうっと座っている流の姿を見つけたのだそうだ。

常に刑事がそばにいてなかなか連れ去る隙がなく、たまたま警察署を出て地下街に入ったところを尾《つ》けていき、他の仲間が車を回して襲撃…となったらしい。車を神社の正面に回したのも偶然で、花園交番を避けようとしただけだったそうだ。神社の真後ろ、飲み屋街の入り口付近に交番がある。

《だからね、流ちゃんのせいじゃないのよ》

あの場で黒嶋会が撃たなくても、どのみち中野は樹里亜を深澤に託したし、中野自身も捕まるか殺されるかしていたはずだと梨々華は説得してくれた。

《中野だって、逃げられないのはわかってたんだから》

「……」

そうなんだろうなとは思う。警察が指名手配しているのに、国外になんか出られるわけがない。監視カメラを警戒して、コインロッカーのドローンを取りにこなかったくらいだ。自分に逃げ道がないことぐらいは、とっくに悟っていただろう。

ただ、樹里亜の無事を保証してくれるところを探していたのだ。けれど、残された樹里亜の気持ちを思うと、そうだねと言えない。

梨々華は〝深澤がいるわよ〟と笑う。笑うしかないのだ。

この街で生きている者たちは皆知っている。失ったものを、帰ってこないものを追わないように、辛い思いは、すべて笑い流すしかない。

今、手の中にあるものを数え、失《な》くしたものは忘れる。そうやって背負う記憶を軽くすることでしか、生きていくことはできないのだから。

だから、あの温かな手の感触は、忘れてしまうしかない……。

——夢をみるほど、わからんちんじゃないよ。

「……」

窓の外は晴れやかなみずいろで、雲ひとつない。

流はいつまでもそれを見ていた。

◆◆◆

目が覚めたとき、流は息を吸うために口を開け、そのまま言葉を失って固まった。

目の前の男は、それに仏頂面をする。

「……」

「なんだ、おかしいか？」

返事ができない。神田は細い金色のリボンで括られた箱を片手に、ベッドの傍らに立っていた。白地に緑のロゴの包装紙で、ひと目で高級フルーツだと知れるものだ。

午後のまったりした時間で、うたた寝から目を覚ましたら、神田がいた。

神田は当たり前のように丸椅子を引き寄せて隣に座る。

ベッドの横にある、私物を入れるスチール棚に持ってきた箱を置き、包みをほどいた。

「口の中の傷が塞がってないだろうから、食べやすいものにしてある」

驚いたのは見舞いを持ってきたことではなくて、神田の姿そのものなのに、彼は気付かない。

「まだ、しゃべれないか？」

気遣わしげに振り向いた神田に、流は目いっぱい首を横に振る。ごく普通に話しかけ、ごく普通に見舞いの箱を開ける神田に、何も言えなかった。

神田が、箱の中身を見えるように傾けてくれる。

「どれか、食べられそうなものはあるか？」

——……。

もう二度と来ないのだと思っていた。

事務的な話は警察官がしてくれた。神田は本庁の人間だ。自分のことは管轄の署が引き継いだのだと思っていた。

口を開いたら泣きそうで、唇を引き結んでいると、神田が心配そうな顔をする。

「まだ無理なら、冷やしておくか？」

「…っ、みかん…」

「オレンジだぞ」

うん、うんと頷くと、神田は枕の下に手を差し込んで、頭を支えるように起こしてくれる。

手の感触が温かくて、視界がどんどん滲んでいった。今、瞬きしたら涙が落ちる。

「痛むか？」

ううん、と首を横に振った。首を支えていた腕は、肩を抱き込むように回され、流は耐えられなくて毛布にぽたぽたと涙を落とした。

痛いのかと心配している神田の顔が見られず、流は包帯を巻いた手で、果物をくりぬいてゼリーを詰めた菓子を受け取り、スプーンで掬った。

オレンジ色のやわらかなゼリーが、スプーンの上で揺れている。流は、口の中が染みるのもかまわずに頬張った。

「…おいしいね」

様子を気にしている神田に、笑って言ったつもりだったが、声が震える。神田がそっと肩を引き寄せ、流は胸元に寄りかかった。

言葉が出ない……。

「事後処理が、いろいろ大変でな……」

「うん…」

「……大丈夫だったか？」

「うん……」

手の中にあるものだけを数えて、生きてきた。

夢はみない…。

でももし、今許されるのなら夢をみたい。

流は、寄りかかったまま黙って泣いた。

それから、神田は毎日見舞いに来た。

何を心配しているのか、来るたびに違う食べ物を持参し、〝明日は何時に来るから〟と言い残していくのだ。念入りに、予定があいまいなときは〝何時『頃』になるかもしれない〟と言い直していく。

スチール棚が、見舞いの品で埋まる。

チョコレート、ゼリー、グミ…。やわらかなものばかり、毎日よく見つけてくれると流は感心して眺める。

——おれ、よっぽど食う奴だと思われてるのかな。

ちょっと違うんだけどな、と思いつつ、神田の約束した時間が近づくと、そわそわと時計を見てしまう。

そういうときに、神田が何故時間を予告してくれるのかを、痛感するのだ。

神田は、流が不安に思わなくて済むようにしてくれている。いつ来るのかもわからない相手を、一日待つのは辛い。

もうすぐその時間になる。そのたびに期待と、期待が失望に変わったときのための用意を、心が準備する。

神田は来ると言った。でも、来ないかもしれない。

信じていないわけじゃない。けれど、来たくても来られないときがあるのだ…ネガティブな自分に苦笑するが、そんな風に考えるのが、身に付いてしまっている。

期待しないのは、叶わなかったときのための、自己防御なのだ。

「……」

四人部屋の病室には足を骨折した十代の男子がいて、母親が毎日せっせと身の回りの世話をしている。本人はややうんざりしているらしくて、時々衝突していた。いいから早く帰りなよ、とじゃけんにされながら面倒を見ている女性を見ると、つい自分の母親のことを思い出す。

母の顔をはっきりと覚えているのは、六歳ぐらいまでだ。どうして覚えているかといえば、そこまでは二人で暮らしていたからだ。

世界には流と母親しかいなかった。

保育園や学校には行ったことがない。母は外国から出稼ぎに来て、そのまま住み着いたいわゆる不法滞在者だった。流は出生届を出されておらず、無国籍者、無戸籍として行政の網の目から漏れていた。

父親のことは知らない。ただ、外国人の容姿だった母に比べると、流の顔はわりと和風だと思う。

住まいはたいてい、母が勤める店の借り上げアパートだった。店が変わるたびに何度か引っ越したが、だいたい新大久保周辺だ。

六歳ぐらいの頃、数年だけ、店の寮ではないアパートに住んだ。母に、彼氏ができたのだ。

彼氏という表現が正しいのかどうかはわからない。相手はゴールデン街で飲み潰れていた文士崩れで、母のアパートに転がり込んできたので引っ越した。

その男はいい人だった。流のことも可愛がってくれて、名前も書けないのはまずいぞと、読み書きを教えてくれた。図書館の使い方を教えて、貸出カードを作ってくれたのもこの人だ。

けれど、それは母が帰ってきたとき、体よく自分を追い出すための口実だったのも知っている。

男は働かなかった。母が帰ってきて、昼過ぎに目を覚ますと〝図書館で勉強しておいで〟と言う。きっと、子供のいるところでセックスしづらかったのだと思う。

そういうときに、自分が〝二番目〟なのだと思い知らされる。母は流を引き止めなかった。

行ってらっしゃい、と頰に乾いたキスをしてくれる。彼女は男のほうを選んだ。男も、流を可愛がるのは、母が帰ってくるまでの暇つぶしだった。

何故別れたのかは知らない。二、三年して男はいつの間にかいなくなっていた。

母はアパートを引き払い、ホステス仲間と共同生活を始めた。古くて狭いビルのワンフロアをシェアしたのだ。

事務所みたいなドアを開けると、二十平米《へいべい》ぐらいの元オフィスで、トイレと簡易キッチンが付いている。二段ベッドを二組入れて、あとはダイニングテーブルだけ。風呂は金だらいで行水だった。

女が四人、その子供たちが五人。流が一番年上だ。

その他の子供は、八歳、五歳、四歳と八カ月の乳児で、女児ばかりだった。

不法滞在の子はそもそも保育園など入れないし、入れても連れていかなかったと思う。十歳近くになっていた流が面倒を見れば、保育料は要らない。

共同生活は楽しかった。

皆で買い物に行き、郷土料理を作り、賑やかに食べた。流も、小さな妹たちができたことが楽しくて、可愛がって面倒を見た。

けれど、この頃から母は外泊することが増えた。それはそうだろう。この部屋に彼氏は泊まれない。

はじめは週に一日、それから二日、三日と増えていき、そのうち帰ってくるのが週に一回になった。

毎週、必要な生活費を渡しに会いにくる。〝愛してる〟と乾いた唇でキスしてくれる母は、少しずつ疲れた顔をするようになった。

ここに踏みとどまることに、疲れたのかもしれない。彼女は、情人ではなく夫が欲しかったのだと思う。

会いにくる間隔が遠くなるごとに、〝もうこれが最後かもしれない〟とうっすら覚悟をしていた。

だから、いつが最後だったかを覚えていない。

何週間だったか何カ月だったかして〝ああ、本当に帰ってこないんだな〟と思っただけだ。

ルームシェアをしたホステスたちは、何も非難しなかった。

あなたのママは、不法滞在がバレて強制国外退去させられたのかもしれない…そんな風に説明してくれた。

それは違うだろうとどこかでわかっていたけれど、ホステスたちの言葉を信じた。

母は、突然捕まって母国に送り返されたのだ。だから、自分を迎えにくるタイミングがなかったのだ…そう思いたかっただけかもしれない。真実はわからないけれど、流はそう思うことにして、自分も、警察に見つかったら強制的に逮捕されるのだと用心するようになった。

歌舞伎町は目と鼻の先だ。流は警察を避けながら生きていく方法を探した。

母がいなくなった後のシェアルームには、無言のプレッシャーを感じていた。彼女たちは流を追い出したりはしなかったが、その頃はもうすでに第二次性徴を迎え、女ばかりしかいないあの部屋に、置いていかれた男子がいつまでもいることはできなかった。

さよならも言わず、街でスカウトしてきたホストに付いていった。もちろん、どう誤魔化してもまだ見た目でも働ける年齢に達しておらず、その店のトップのホストの部屋に、下積みとして住み込みで働かせてもらった。

店は青田買いした部分もあるだろうが、同じように下積みで入っているホストたちは面白くなかっただろう。ことあるごとに当たられた。襲われたのも、彼らにだ。

売り専に沈めてやれ…と言われた。けれど、メンタルなダメージは少なかった。多少のショックはあったが、殺されるよりはマシだと思ったし、まだ悔しさのほうが先に立ったぐらいだ。

住み込みは、いい経験だったと思える。女ばかりの環境で育って、ここで初めて男社会の基礎を学んだ。

どんな目にあおうが、逃げ帰るところはない。だから、必死で生きる術《すべ》を学んだし、男社会の流儀を身に付けようとした。

けれど、結局ホストになることはなかった。同じ下積みから敵視されすぎて、最後には住み込んだ部屋も追い出され、何カ月もネットカフェで暮らす羽目になったのだ。

身体を売っていたのは、その時期だ。

「……」

――六時だ…。

ふと顔を上げるとデジタル表示はジャスト六時で、まるで計ったように神田が病室に入ってくる。

「やあ」

「なに薄着でいるんだ。上着を置いておいただろう」

風邪をひいたらどうする、と怒る神田に笑う。

しかめ面は、リアクションに困っているだけだとわかるから…。

「今日はなに？」

神田がごそごそと手にした紙袋からクリスマスプレゼントのように菓子を取り出す。流はそれを微笑んで見つめていた。

◆◆◆

退院の日が来た。ひとりで手続きできるのに、神田は早退できないからと、退院時間が夕方になるように掛け合っていた。流はそれを黙って見ていた。

ここを出ると、神田が毎日来る理由がなくなる。

「……」

どんな顔をすればいいのかも、何を言えばいいのかもわからなかった。

自分と神田は、友達同士でもなければ同僚でもない。すでに、参考人と刑事という立場も終わっている。

肩を抱き寄せてもらったときに、このまま夢をみてよいのかもしれないと期待したけれど、それでも何かを言葉にする覚悟はできない。

この先、自分は神田にとって〝何〟になるのだろう。

時たま会う知り合いか、友人か、身体の関係がある相手か…それ以上か。

一番最後の答えを望みながら、確かめるのが怖い。

夢は、切望するほど手を伸ばすことを躊躇う。

もし手を伸ばしても届かなかったら、やっぱり手に入らなかったら…。駄目だったときのことを考えて、いつまでも波打ち際に佇《たたず》む子供のように、足を踏み出せない。

このままいつまでも、笑って神田と話していたい。だから、何も言えなかった。

窓の外はもう暗くて、流は前日に用意してもらった服に着替えていた。パジャマとコップと、神田が毎日持ってきてくれた差し入れの残りを帆布のバッグに詰め、毛布もきちんとたたんで、神田が迎えにくるのを待っている。

五時半きっかりに神田が来た。

「支度はできたか」

「うん…」

神田は仕事帰りだから、スーツ姿だ。色は黒っぽいグレーで、深い臙脂《エンジ》色のネクタイをしている。秋らしい色味だ。神田は黙って手を伸ばしてきて、帆布のバッグを持ってくれた。四人部屋の入り口まで来ると、くるりと向きを変え、丁寧に頭を下げる。

「お世話になりました」

本当は自分が言わなくてはならないのに、流は神田の後ろでつられたように頭を下げた。ナースステーションにも立ち寄り、礼を言って去る。事務手続きはもう終わっていた。

「……」

受付は終了していて、窓口は一か所開いているだけだ。受診を待つための長椅子が無人で並び、自動ドアの横には民間会社の警備員が立っている。

外はすっかり晩秋の気配だった。早々と暮れていた路地は、街灯が照らしていた。

「…すげー。もう冬みたいだ」

「ここ何日かで、急に冷えだしたからな」

冷たい空気に、空が澄んで一番星がきれいに見える。

「季節って早いなあ」

白いコットンシャツの他に、カーキー色のパーカーも買い揃えてもらっていて、流は神田がやかましく薄着を指摘した理由を理解して笑った。

「病院の中にいると、わかんないね」

外は上着がないと寒い。神田は穏やかな声で言う。

「今日は、一の酉だそうだ」

「あー、もうそんな季節か」

花園神社のお祭りだ。どうりで寒さが厳しくなってきたはずだ、と感心していると、神田が流を見た。静かで、どこか見守るような瞳だ。

「行くか？　晩飯がまだだろう？」

病院の夕食は六時だ。最後の食事は断った。

誘ってくれる声に、流は無理にはしゃいだ。

「やったね、お好み焼き食べよう！」

「ああ…」

花園神社に行くのは、本当はまだ少し胸が痛い。けれど、神田の前では平気でいたかった。

自分があの場所を避けたら、神田は気にするかもしれない。

過ぎたことだと、行動で示したかった。

靖国通り沿いに歩くと、神社のだいぶ手前から出店が立ち並び、お祭りに来た客でごったがえしていた。人にぶつからずに歩くのが難しく、神田が心配そうに振り返った。

「大丈夫か？」

「うん、大丈夫、大丈夫」

たこ焼き屋、焼きそば屋、串肉、五平餅にチョコバナナ、鈴カステラ…甘い香りやソースの匂いが漂い、取り付けられたランプで出店の屋根が暮れかけた闇に浮かぶ。

「どれがいいんだ？」

流は屋台の明かりに浮かぶストイックな顔に笑いかける。

「ひと通り見てからにしようよ」

大通りの歩道を埋める屋台を抜け、流は渋い顔をする神田を連れて参道のほうに折れた。境内の入り口には、縦に何列にもなった提灯《ちょうちん》が高く掲げられ、人が多くて歩くのも大変だ。オレンジ色にライトアップされた境内の中は、両脇にずらりと出店が並ぶ。なんだかもう年末のような気になる。

境内ではお囃子《はやし》が披露され、お参りをする列が整理されていた。

熊手を売る場所では、売れるたびに拍子木で縁起を担ぐ音が鳴る。おかめや米俵、札や松、稲穂がこれでもかと盛られている、色鮮やかな飾りの熊手は、手のひらサイズから肩に担ぐくらいまでと大きさもさまざまで、年ごとにより大きいものを買うのがよいとされている。

提灯とライトに照らされたたくさんの熊手を求めて、客がひしめきあっていた。

「すごいね」

一面に高く掲げた提灯の列、店の掛け声と鳴りものの音…賑やかな祭りの神社は、まるで別世界だ。

本当にこの場所で、あんなことがあったとは思えない。

じっと、華やかな夜祭りを見た。

ここにいる人たちは中野のことも、樹里亜のことも知らない。

男がいて、女がいて、幸せになろうとしたけれど駄目だった…言葉だけ聞いたらよくある話だ。

ここにいる、幸せそうに熊手を買って帰る人たちには、関係ないことだ。

「……」

ぽん、と神田の大きな手が肩に置かれる。

「お好み焼きはあっちにあるぞ」

「……ほんとだ」

示された明治《めいじ》通り側の参道に向かう。そうでなくても、とても立ち止まっていられる混雑状況ではなかった。

押し合いへし合いする波に飲まれながら歩道に出て、しばらく並んでどうにか目当てのものを手に入れる。マヨネーズとソースがたっぷりとかかり、鰹節が踊っているお好み焼きを手に、神社沿いの道にスペースを見つけて二人で並んで食べた。

「どう？　美味い？」

「ああ」

友達同士や家族連れで来ているのだろう、通り過ぎる人々は楽しげだ。流はそれを眺めながら食べていたが、ふいに目の前で人が立ち止まり、割りばしを持つ手が止まる。

「……」

やや背が低く、小太りとまではいかないが貫禄《かんろく》のある男で、後ろに強面の用心棒らしきスーツ姿の男を二人連れている。

禿《は》げ上がった頭、たるみの強い瞼《まぶた》、引き結んだ唇にも皺が寄り、黙っていてもただ者ではない気配がした。

「望月流だな」

隣で、神田が静かに構えたのがわかる。男はちらりとそれに視線だけやり、口を開いた。

「まだ刑事《デカ》にガードしてもらってんのか」

黙って見返すと、ひと癖ありそうな老人は苦い顔をする。

「…うちの若いのが、迷惑をかけたな」

――黒嶋会…。

どう返事をしてよいかわからないでいると、相手は気難しそうに口元をへの字にしてしゃべる。

「中野の件は、完全に内輪の話だ。とばっちりを食わされたアンタには悪かったと思っている」

「あ…いえ……」

潔白だとわかってくれたなら、それで…とお好み焼きのパックを持ったまま心の中でそう返事をした。

被疑者死亡のまま事件が終わった後、警察は押収したドローンとコントローラーの解析をし、中野と榎本がどうやって受け渡しをしていたかを解明した。

彼らは、ドローン本体に麻薬を内蔵させ、競技中に機体のコントロールを入れ替えていたのだ。ドローンが障害物である林などの中に飛んで、他の観客から見えにくくなったところで、お互いの機体の制御を入れ替えられるように、あらかじめ独自のプログラムを組み込んでいた。機体は見た目をそっくりにしてある。

飛ばしている間、操縦者たちはドローンに取り付けられたカメラとＧＰＳで周囲の状況を把握する。コントローラー画面には中野のドローンも榎本の機体も映り込むが、そっくりな機体はどちらのものか判別がつかない。その間に二人はリモコン上でコントロールを入れ替え、機体に取引物を仕込んだほうのドローンが榎本のところに戻る。中野は競技場ではなくその裏側で待機し、レースに参戦していたようだ。

一見すれば、ただひとりでドローンを飛ばして練習しているようにしか見えない。顔を合わせることもなく、周囲の人間も、まさか飛行中に違う機体に入れ替わっているとは思わないだろう。解析された二人のドローンの中は、握り挙大のスペースが空いていた。

警察側は、模倣の危険があるため中野の取引方法は発表しなかったが、樹里亜と流の安全を保証するために、黒嶋会には中野単独の取引だったことが説明されている。

心配ないと言われてはいたものの、わざわざ詫びにこられると驚く。

おそらく組長だと思われる男は、顎でしゃくって後ろの男に茶封筒を差し出させた。

「こいつは迷惑料だ。後ろ暗い金じゃあない。そっちのデカさんも見てるなら、いい証人だろう」

納めておいてくれ、と言われて、手に持った厚みに戸惑う。下世話ながら、頭の中ではすぐに〝一センチで百万円〟と換算した。

「ウチの若いのが、アンタの事務所をだいぶ壊したからな、これで手打ちにしてくれ」

「…はあ」

ヤクザが謝るくらいだ。どれだけ派手に壊されたのだろうと思うと、封筒も返すに返せなくなった。なにせ、自分も賃貸料を払っている身だ。

組長は笑った後、表情を引き締めた。

「怪我も含めたら、こんなもんじゃ足りねえのはわかってる」

「…」

「なんか困ったことがあったら組に来いや。この借りは、いつになってもきっちり返させてもらう」

デカさんも、聞いてたね、と神田のほうを向き、組長は念を押して去っていった。

静かな迫力に、立ち去る後ろ姿を思わず見送ってしまう。

「……もらっちゃった」

いいのかな、と神田のほうを見ると、神田は厳しい顔をしたが、見なかったことにすると言った。

「……」

どうにも沈黙しきれなくて、流は笑った。

「一件落着かあ…」

神田は黙っている。流はそっとお好み焼きが入った透明なフードパックを閉じた。

──もう、帰んなきゃだよね。

これで、神田の心配はすべて解消されたのだ。

あとはこのお好み焼きを食べ終えたら、解散するしかない。終わりたくない気持ちのように、お好み焼きがパックの中に取り残されている。

持って帰ろう、と思った。食べて消えてなくなってしまうのが、寂しくてならない。

ごちそうさま、じゃあ…と心の中でセリフを用意し、笑顔を作って踏み出そうとしたとき、神田の手が後ろから流の腕を掴んだ。

──神田…?

掴まれた腕を引かれ、流はそれにつられるように神田を振り返る。

神田の気難しい顔が、じっと流を見ている。

心臓が不規則に鳴って怖かった。

「……」

足を竦ませて黙っていると、夜店の賑わいの中で、神田の低い声だけが耳に飛び込む。

「まだ、事務所は住める状態じゃないだろう」

心が、期待と、それをセーブする気持ちの中で行ったり来たりする。

「修繕が済むまで、うちに泊まれ」

——神田……。

夢を、みていいのだろうか。がっかりする準備を、しなくていいのだろうか。

夢の続きをみたい。退院しても、修繕が済んでも、終わらない夢をみたい。

けれど…。

——おれには、夢をみる資格がないんだよ。

神田が見ているのは〝望月流〟だ。

大学を中退して、新宿でうろうろと生きていた〝望月流〟。

代理屋をして、麻薬密売事件に巻き込まれた〝望月流〟。

——どれも、ほんとのおれじゃない…。

神田は、この望月流という男のどこがよくて、家に招いてくれるのだろう。

自分は、神田の目にどう映っているのだろうか。

――おれは……。

誰かの役をやるのは嫌ではない。求められるどんな立場でも振る舞える。けれど、本当の自分は…。

「……」

返事を待つ神田を見つめたまま、流は長らく答えを出せなかった。

神田は、どんな〝望月流〟を気に入ってくれたのだろう。

本当の自分を…もし誰かの役ではない本当の自分を見せたら、神田は同じように受け入れてくれるだろうか。

――本当の、おれ。

「……あのさ」

流はいつの間にか言葉を継いでいた。

「〝望月流〟って奴を、知ってるかな」

言わないほうがいい…と怯えた心が止めるのに、自分は話そうとしている。

神田が怪訝《けげん》そうな顔をしていた。

「……お前のことだろう？」

どうして話してしまうのだろう。警察だって気付かなかったことだ。このまま黙っていればいい…

そう思うのに、流は神田に打ち明けていた。

「……おれは…おれの仕事は代理屋だけど」

本当はどこかで、ずっと神田に言いたかったのかもしれない。

「おれも、〝望月流〟の代理なんだ…」

自分の人生そのものが誰かの代理。

「おれは、〝望月流〟に、戸籍をもらったんだ…」

他人の名を騙《かた》り、偽りの姿で生きてきた。

だからこそ、神田には他の誰かではなく、自分自身を見てほしいと願ってしまったのかもしれない。

駄目かもしれない…そんな気持ちが踏み出す足に重石《おもし》を付ける。

近づくために踏み出した一歩は、ガラスの靴を履いたように頼りなかった。

「…流」

神田の顔を、見られなくて流は俯いた。


流は神田に促され、人でごった返す花園神社を離れて山手線に乗った。神田は黙って目黒駅で降り、とんかつ屋に行ったときと、同じ道順をたどる。

店やビルの明かりで、星が微かにしか見えない夜空を眺めながら、坂道を下っていく。流は問われるままに『望月流』の話をした。

「…昔、ネットカフェで暮らしていた時期があったんだ」

ホストの下働きから追い出され、身体を売って生きていた頃だ。

「あそこはさ、シャワーが使えるじゃん。そこで目が合って…〝そういう視線〟で…」

望月が最初の客だった。嫌ではなかった。少なくともホストの下っ端たちのように無理やり襲われるのではなく、終わった後、対価を渡された。

「〝ああ、金になるんだ〟って、初めてわかった。実際、寝泊まりするにも金が要るし」

他に稼げる手段がなかった。あの街を出ていくことも、行政に頼ることも考えられなかった。

「望月もあの店にずっと泊まってた」

「……」

天然パーマぎみの髪にトレーナーとジーンズ。少し色白でぽっちゃりしていて、浪人生のようだった。

「まともな仕事はしてないなってわかってたけど、それはお互いさまだし。それからたびたび店で出くわしてた」

望月は根っからのゲイだったようだ。時々声をかけられて、〝客〟になった。

「そのときはたんに、身体を気に入られてたのかなと思ってた。なんか、金もないのに何度も買うんだ…」

セックスは、小金が入ったときの贅沢だったのだと思う。ホテル代さえ惜しまれたこともあるが、ひどい真似はされたことがない。

「あいつはクスリの売人だったんだ」

麻薬じゃないよ、と念を押す。今は違法ドラッグと呼ばれて規制がかかっているが、その当時はまだグレーゾーンで、まずいことはまずかったが、売りさばくことは可能だった。

法の規制に引っかからない興奮剤は、うまみのある商売だ。

「しばらくして、おれはたまたま花屋の臨時雇いの仕事にありついて、身体は売らなくて済むようになった。そのときに望月に再会したんだ」

車で運ぶほど大きい花々を納品する間、駐車違反の切符を切られないように助手席に座っている。もしくは運転手が残って流が店に花を届けた。駄賃はわずかだが、履歴書も必要なく口約束で謝礼がもらえた。

「ちょっとぼったくり系のキャバクラで、店に活《い》ける花を届けてたとき、ヤクザ同士の抗争っていうのかな、出入りみたいなやつがあって……」

まだ開店前の時間だった。客ではなく、いたのはその店を仕切っている組の連中で、何かの理由で数人が集まっていた。どかどかと入ってきた相手は銃を乱射し、店は鏡やガラスの割れる音と、早出のホステスの悲鳴が響いた。

流も床に伏せたが、どこにどう逃げていいのかわからない。店内は応戦する組員と押し入った側で乱闘になった。

「望月も店内にいたんだ。自分ひとりで逃げればいいのに、おれを見つけて、目で合図して這ってカウンター側に逃げた」

けれど、運悪く望月は見つかって、背後から撃たれた。

「おれはカウンターの陰にいて見つからなかった。襲撃してきた奴らは、店内にいた組員を全員殺って、去っていった」

残された女たちは、警察ではなく店の持ち主に連絡した。

警察は来ない。救急車も呼べない。それはわかっていた。これは闇に葬られる案件だ。

「…」

坂道は終わっていた。橋が見えて、目黒川に歩道の街灯が反射している。流は神田の歩く方向につられて歩道のほうに曲がり、ランニングやサイクリングができそうなレンガ敷きの道を歩く。

「望月はまだ息があった。なんとか止血しようとしたんだけど…」

だが望月自身がそれを止めた。諦めたのか、死を悟ったのかはわからない。

少しぽちゃぽちゃした手で、血だらけの腹を押さえながら、望月は笑っていた。

「そのときに言われたんだ。〝お前、行くとこないんだろ。俺の戸籍をやるよ〟って」

金で買われたとき、国籍を聞かれたことがある。けれど、踏み込んだ話はしていない。

それでも彼は、行くあてのない流の境遇を察していたのだ。

「血のついた手で、ポケットから財布を取り出して、〝これ使え〟って…」

俺の死体は消される…望月は虫の息で言った。警察を呼ばない抗争の死体がどう始末されるか、望月はわかっていたようだった。

《大丈夫だ、連中は俺の本名、知らないから…》

「望月は売人として、森田《もりた》という偽名を名乗っていた。組もきっと、その名前しか知らなかったんだと思う」

面倒なことに巻き込まれるから、逃げておけ…と言い、望月は財布を流の手に押し付けると息絶えた。流は、後ろを振り返らず非常口から逃げた。

「……その後、望月の死体がどうなったのかは知らない」

もらった財布には、区が発行する印鑑登録のカードが入っていた。

「……」

夜の目黒川は小さなせせらぎの音がして、右側はどこまでも桜の枝が続いている。

神田は何も言わない。

「それから、しばらく様子を見て、望月流を名乗るようになった」

ネットカフェで最初に名前を聞かれたとき、〝リュー〟だと答えた。

本当の苗字《みようじ》は今も知らない。母が呼んだ、唯一の名だ。

《仲良くしようぜ、同じ名前のよしみだ》

情欲を潜ませた目をしながらも、望月にはどこか人の好《よ》い性根が透けて見えた。

だから、嫌ではなかった。

「望月を名乗らせてもらったから、住むところを借りられた。住所と身分証明ができたおかげで、携帯を買えた。電話番号を持てたから、仕事を始めることができた……」

ひとつずつ、普通の人が当たり前に持てるものを、望月のおかげで手に入れさせてもらった。

だから、これ以上何も望まなかった。保険証のある生活も、保証された未来も。

関係が駄目になる覚悟をしつつ、流は立ち止まって息を吐き、神田を見た。

こんな自分に、夢をみる資格など本当はない。

それでも、神田を見ていたい。

神田の手が、髪に触れた。

◆◆◆

《〝望月流〟の代理なんだ…》
流の黒い瞳が、月明かりの中でひときわきれいだった。神田は、過去を話す瞳を見つめながら、流を初めて見たときの気持ちを心の中で思い返していた。
すべてを受け入れ、現実だけを見る瞳…そう思ったのは、子供の頃の記憶のせいだ。
小学生の頃、弟妹たちが犬を飼いたいとせがんだら、同居していた祖父は子供たちを保健所に連れていった。そこで、殺処分予定の犬たちの中から選べという。可愛い仔犬を買ってもらえると思っていた妹は不平を言ったが、兄弟たちは、檻《おり》の中で死を待つ犬たちに対面して表情を変えた。

保健所が引き取った犬は、八割方殺処分される。連れてこられる理由はさまざまだ。予想より大きくなった、躾《しつけ》ができずに狂暴化した…などと家族が投げ出すケース、老齢の飼い主が亡くなり、引き取り手のいない犬。ただ単に、飽きて捨てられた犬もいる。厳格だった祖父は、子供たちに飼い主の都合で保健所に渡された犬を見せ、本当に最後まで飼えるかを考えさせた上で、この中から一緒に暮らす犬を決めるように言った。

あのときの犬たちの眼を覚えている。

怯えた犬もいたし、人の気配に毛を逆立てる犬もいた。けれど、どの犬もこれから待ち受ける運命を知っていた。

決められた未来に、最後まで抵抗しようとしながら、瞳の奥で自分の向かう先を理解している。

檻の中で、よく手入れされた毛並みのよいゴールデンレトリーバーが、黙って自分を見ていた。神田はその犬を引き取りたかったが、弟妹たちが選んだのは中型犬だった。

レトリーバーは最後まで神田を見るだけで、鳴いたりはしなかった。まるで、決められた運命を飲み込むような眼をしたまま、静かに座っていた。

流を見たとき、甦ったのはあの犬の眼だ。

流は軽やかに笑い、文句も言うし、怒ったり泣いたりもする。けれど心の奥深い場所で、ずっとあの眼で世界を見ている気がしていた。

この世に生きることを許されたのは、彼自身ではなく〝望月流〟なのだ。

告白する流は、本当の彼が初めて恐る恐る世界に手を伸ばしたように思えた。

〝望月流〟の中に隠れていた男が、自分を見つめる。

その手を、ずっと取りたかった。

「流…」

街灯の明かりに、黒い瞳が濡れたように反射する。神田は手を伸ばして流の手を握り、ゆっくり引き寄せて抱きしめた。

身じろぎする気配に、なだめるように背を撫でる。

「……本当の名前は、なんていうんだ」

「……リュー…」

聞き取れないほど小さな声を聞くために、抱きしめたまま頬に顔を寄せる。

「なんだ、そのままじゃないか」

少し震えている頭を、くるむように手で抱え、声を途切らせた唇を重ねた。

誰でもない、リュー自身。さらけ出すことを恐れた姿を隠してやるように、神田は抱きしめて守った。

「帰ろう。家は、すぐそこなんだ」

マンションは川沿いにあった。傾斜を利用し、石段を配置して棟と棟の間が風雅な庭園様になっている。神田は遊歩道から石段を上り、エントランスに入って六階にある自分の部屋に流を招いた。

ファミリー用の３ＬＤＫなのは、祖父から譲り受けた物件だからだ。祖父と母は同じ目黒区にいるが、それぞれ代々受け継いだ家に住んでいる。

玄関を開けると廊下がまっすぐリビングまで続いていて、両側に個室と浴室、トイレ、リビングに対面するキッチンがあって、窓からは目黒川と桜並木が臨めた。

十二畳ほどのリビングに案内すると、流は大人しく黒い革張りのソファに座った。

神田は明かりを点けなかった。カーテンを開けると、ベランダに続く掃き出し窓からは月光が差し込み、部屋の中は十分見える。

「……」

流は、神田が渡したコットンの白シャツを着て、無造作にパーカーを羽織っている。

色白な肌も、すっきりした目鼻立ちも見慣れていたけれど、生まれを聞いて改めて眺めると、異国の匂いも、しないではない。

すんなりした手足。ガリガリということはないが、流は細いわりに骨格のしっかりした身体をしている。ぶすくれた顔をしてみせても妙に品を感じるのは、外国人が見せる表情に似ているからかもしれない。

——何故、気付かなかったんだろうな。

言われてみれば、ハーフらしい雰囲気もある。しかしすっとした目元と、漆黒の瞳、あとは最初に見た調書の経歴で、すっかり思い込んでいたのだ。

地方から東京の大学に入った若者…流の言動には噛み合わない部分がいくつもあったのに、事件に気を取られて見過ごしていた。

「本物の〝望月流〟については、わからないままなのか？」

「うん…」

流はこくりと頷く。住民票などの経歴は、警察が調べたのと同じだ。

神田はソファに座る流を眺めたまま、煙草に手を伸ばそうとしてやめた。

「…調べてやる」

顔を上げる流の隣に座る。

「だから、お前はもうそのことは考えなくていい」

何か言いたげな顔を向けた流の頰に手を伸ばす。

「……前に、ここまで食事に来たときに」

「…」

「本当は、どう部屋に誘おうか悩んでいた」

この部屋に住まないかと言いたかった。けれど自分は刑事で、流は参考人だった。仕事中に情に溺れた深澤の失態を見ながら、自分の感情は言えなかった。

口実を探しながらいつまでも歩き、川を越え、戻ろうと笑う流の笑顔に、ずきりと心臓が痛んだ。

事件が終わっても、どうやって流に〝一緒に暮らそう〟と言えばいいのか、理由が思いつかずにいた。

女なら、結婚しようと言えばいい。でも、男の身元を引き取るのに、どんな言葉がいるのかわからない。保護する必要がなくなって、見舞いを口実にしていた日々も退院とともに理由が消えた。

別れる場所を決めかねながら神社まで行って、黒嶋会の組長が来なかったら、本当にそのまま事務所に帰すしかなかったかもしれない。

けれど、自分は大事なことを忘れていたのだ。

冷静さを欠いた自分に笑うと、流が驚いたような顔をして見る。

「ただ、愛してるんだと言えばよかったんだな」

「か……」

名前を呼び掛けた流が声を詰まらせる。神田はそれに微笑ってキスした。

一緒に暮らすのは結果だ。その前に、素直に気持ちを言えばよかっただけだった。

流のやわらかな唇を、もっと深く味わいたかった。抱き寄せて背中や腰を抱え、ソファの上で向きあって深くくちづける。

「……ん…」

甘く、密やかな吐息が耳を掠める。やがて流の腕が伸びてきて神田の背中を抱く。預けられる身体の重み。微かに体温を上げていく呼吸。愛《いと》おしさが熱い衝動に変わっていった。

抱きたい、と伝えると、流もうん、と囁《ささや》き返してくる。シャツを脱がせる衣擦れのほうが響く静けさの中で、神田は流の身体をなぞって触れながら、服を脱がせた。

◆◆◆

包み込むように抱きしめられ、唇が肌に触れる。泣きそうなほど心地よくて、けれど身体の内が疼いて、流は湧《わ》き上がる快感にため息を漏らしながら、どうしていいかわからずにいた。

――…ああ………。

息を上げると、神田は様子を見るように動きを止める。けれどじっと見られると、流はたまらなくて、目をそらした。

「まだ痛むか？」

傷を心配されているのだと気付いて、涙目のまま首を振る。

「ううん…大丈夫だよ」

ソファの上で向かい合い、初めてセックスした夜のように抱き寄せられる。

俯いていると、長い指が髪を撫でて掻き混ぜた。

「どうした？」

尋ねられる低く心地よい声が耳に響く。

神田の目を見られない。愛情を湛《たた》えた視線を受け止められなくて、顔を上げられないまま神田の胸に寄りかかった。

「……なんか、めっちゃ心臓痛い」

鼓動が強く胸を叩いている。神田の胸に顔を隠すように、流は頬を擦りつけた。

「流…」

じっとしていられないほどドキドキするのに、神田の顔が見られない。回した腕で神田の背中を抱きしめ、流は戸惑う声で言った。

「…こんなの、おれ……初めてで………」

好きすぎて胸が痛い。誰かを想うだけで、こんなに心が痛くなるなんて、知らなかった。

頭上で微笑う気配がする。あやすように撫でられた手の感触だけで、声を上げそうだ。

愛している…低く囁かれる言葉が、甘く蜜のように脳に溶けていく。

愛という言葉の脆さを、嫌というほど知っている。なのに、どうしてこんなに幸せになってしまうのだろう。

神田の手がかたちを確かめるように身体をなぞる。

肩を、背を、腰を…こんな風に誰かが触れるのは初めてだ。

「…ぁ……」

甘くぞわりと肌が粟立《あわだ》ち、掠れたように呼吸が淫らに揺れる。唇をめくり上げるようなキスも、身体を密着させたまま愛撫されることも、何もかもが流を翻弄した。

こんなセックスを、したことがない。

快感にこらえ切れず、つむったまなじりに涙が滲む。

「ぁ…ふ……」

肌の上をたまらない快感が伝わって、身体がうねる。流は背をたわませ、喉を喘がせながら手を伸ばし、神田の頭を抱く。

跨るように密着した神田の下腹部がずくりと反応した。神田の体温が上がって、抱きしめている身体が熱くなるのがわかる。

「流」

「あぁ……」

求められる唇に、流の身体がびくりと跳ねた。自分の声が甘ったるく聞こえて、恥ずかしいのに抑えられない。

——どうしよう…おれ……。

ただ抱きしめあってキスしているだけだ。なのに、身体の芯から蕩けてしまいそうで、さっきからうわごとのように声を漏らしている。

愛される、ということを知らなかった。

欲情を受け止め、身体を繋げた。でもそれはただのセックスだ。流は、今自分がされているのはセックスではないのだと思った。

〝愛され〟ているのだ。

「…ん……ぁ」

涙の滲む目元に、肉厚な唇が癒《いや》すように触れ、こぼれ落ちる滴を吸われる。神田の吐息が頬を掠め、背中を抱きしめる手は愛おしそうに何度も肌を撫でていった。

愛情を示す行為としてのセックスを、初めてした。ほんの少し触れられただけでも耐えられないほど気持ちよくて、流は何度も神田にしがみついた。

「大丈夫か?」

「うん……ん…ぁっ……」

微かに笑いながら尋ねてくれるが、神田の声にも熱さが滲んでいる。猛《たけ》って腹に付きそうなほど張りつめているものはもっと正直で、手を伸ばして触れると、低く心地よさそうに息を吐いた。

――神田……。

思わず目を開け、至近距離で見つめあう。

強く想われる眼差しに、視線でセックスしているような気持ちだった。

――好きだ……。

「……挿れて」

「強がるなよ」

本当に大丈夫なのか、と肋骨のあたりをそっと指でなぞられる。傷口は塞がり、あとは半年後にもう一度プレートを取り出す手術をするだけだ。

「強がってないよ」

神田を抱きしめたまま喉元に口づける。

「そうしたいんだ…」

身体の中で感じたい、そう言うと神田は慎重に胴を両手で支えてくれた。ゆっくり、流のタイミングで受け入れられるようにしてくれる。

「ん……っ、ぁあ…あ」

熱い塊が身体を貫く。痺れるような快感が腰全体を溶かし、流は神田の首に腕を回してその快感に耐えた。

気持ちいい。気持ちよくてたまらない。

神田の耳朶《じだ》に唇を寄せ、熱い吐息を漏らす。神田が、お前…と眉を顰めたのがわかる。同時に身体の中にある神田の芯がより血を滾《たぎ》らせた。

「煽《あお》るな…」

爆ぜそうな快感を堪《こら》える神田に、流は熱い呼吸のまま微笑う。

「いいよ……激しくても」

「病み上がりのくせに」

イキがるな、と顔をしかめた神田の唇を塞いだ。

「気持ちよくて、おれ…自分で動いちゃいそう」

「…」

少し腰を浮かせてみると、中で擦られたものがぴくりと反応する。神田は低く息を吐いてから、もう一度背中を抱き寄せた。

「寄りかかってろ、俺も、ちょっと加減ができないかもしれない」

「うん……っあ、あ……あっ、あ、あっ」

揺さぶられ、腹の奥を突かれる快感に声を上げる。言われた通り神田の首に腕を回したまま、しがみついて淫らに肉を掻き回される愉悦に悶えた。

身体だけでない、心ごと求められるセックスは、泣きたくなるほど幸せだ。

抱きしめると低い声が耳元でする。

流、と呼ばれると腹の底から快感が湧いた。

その名前は、ほんの数日だけれど神田と暮らした〝望月流〟であり、〝リュー〟でもあるのだ。

――神田。

首に腕を回し、ぎゅっとしがみつくとあやすように髪を撫でられた。

「流？」

もう一回、名前を呼んでよ…と言うと、神田はやわらかく微笑んで望みを叶えてくれる。

《リュー》

紡がれる、自分を呼ぶ声。

耳の奥で心地よくこだまする声に、流は神田の肩に頭を預け、いつまでも浸っていた。

蜃気楼

十二月があわただしく過ぎ、逮捕から入院まであった忙しい一年が明けた。

流《りゅう》は神田《かんだ》の家に住まわせてもらっている。怪我《けが》は治ったが、一応、大事を取らされてまだ仕事はしていない。何もしていないのは居心地が悪いだろうと神田が気を遣《つか》ってくれて、掃除や家事などを任され、一応〝ハウスキーパー〟という名目でいる。

いつまでも事務所に戻ってこないのを心配した梨々華《りりか》に、神田が連絡をしてくれて、彼女とは時々会う。樹里亜《じゅりあ》のもとには、深澤《ふかざわ》が根気よく通っているようだ。

不思議な気持ちだった。新宿界隈《しんじゅくかいわい》を離れて暮らすのも初めてで、こんなに穏やかな生活をするのも初体験だ。何よりも、誰かに愛されて生活するのはなんとも言えない幸福な気持ちに包まれる。

神田は激務で、普段の帰りも遅いが、泊まり込みや出張も多い。だから、ひとりでポツンとしていなくて済むようにと梨々華に連絡を取ってくれたようなのだが、その他の配慮も、実にマメだ。

帰れないときは電話が来る。電話ができない状況のときは、いつまで連絡が取れないかをきちんとラインに書いてくれる。だから、余計な不安を抱え込まずに済む。

夕べも、真夜中どころか深夜三時半の帰宅で、今日は土曜日だが、午後までそっと寝かせておくことにした。

風呂にも入らずにベッドに倒れ込んでいたから、眠りを妨げないように流は掃除機もかけず、じっとリビングのソファから窓の外を眺めている。

冬空は薄青くて、暖かな部屋の中から見ていても寒々しい。けれど、あとひと月もすれば春の訪れが兆《きざ》してくるだろう。川沿いの桜たちは、素知らぬふりをしながら蕾《つぼみ》の用意をしている。

――春かあ…。

あれから…神田がこの部屋に自分を入れてくれてから四カ月が経《た》つのだ。

春になったらきれいだろうな、と軽い気持ちで見ていた桜を、本当に見る日が来るとは思わなかった。

ドアが開く音がして、振り向くと髪の毛がくしゃくしゃになっている神田の姿があった。上着はかろうじて脱いでいるが、シャツはよれよれでネクタイはだらしなく緩めただけだ。

「あ、起きた?」

相変わらず神田は難しそうに眉間に皺《しわ》を寄せたまま近づいてきて、手を伸ばして流の頭を撫《な》でた。

「……」

流は黙って撫でられている。どうも、犬猫を飼っていた経験のせいなのか、神田にとって自分がその部類に入るのか、起きてから一度、一通り撫でないと気が済まないようなのだ。

「元気だったか?」

「うん」

会うのは五日ぶりだ。事件や調査が山場になると、神田は何日も帰ってこない。寝起きで、まだ目の下に隈《くま》を作っているのに、神田は気遣わしげな視線を向けてくる。心配なのは、神田の体調のほうなのに…。

流は頭に乗せられた手を、両手で握った。

「仕事、ヤマは越えた？」

「ああ…」

お疲れさま、と微笑《わら》うと神田が少し嬉《うれ》しそうな顔をする。

「買い物に行くか？」

「うん」

「風呂に入ってくる」

「沸かしてあるよ」

ありがとう、の代わりに神田は手を振ってバスルームに行く。ここのマンションのバスルームは、高保温浴槽の仕様で、一度沸かした湯は半日以上温度を保っておけるのだ。

流は笑って見送り、神田がいない間にベッドルームに行って脱ぎ捨てられたジャケットとベストを拾って整えた。

八畳のベッドルームには、造り付けのクローゼットとワイドサイズのベッドがある。部屋は余っているのだが、流はここで一緒に眠っている。

「うわ…汗臭さ……」

スーツはクリーニングだな、と流は顔をしかめた。きっと自分が見たときのように、この恰好《かっこう》のまま駆け回っていたのだろう。

――ほんとに忙しい男だよなあ。

おそらく出世頭なのだろうと予想してはいたのだが、神田はキャリア組のエリートだった。

――刑事じゃなくて、警部だったしね。

縁がないので知らなかったのだが、やはりノンキャリのおまわりさんとは別次元の人間らしい。さらにキャリア組の中でも選抜でしか行けないアメリカＦＢＩの研修経験があり、捜査一課の所属というのも、仮の状態なのだそうだ。

――あれは、特別な状況だったのか…。

内部事情だからあまり詳しくは教えられないと言われたが、それでも、たかが歌舞伎町《かぶきちょう》の代理屋を保護する任務は、神田にとってイレギュラーだったのは間違いない。

そう思うと、今こうして神田の家に住まわせてもらっているのも、すごい幸運なのだなと思う。

神田はあまり細かく教えてくれないが、どうやら仕事の合間に『望月流《もちづき》』のことを調べてくれていると同時に、流の戸籍と国籍の問題を整えてくれようとしているらしかった。

いくら本人から言われたとはいえ、別人であることは本当なのだから、いつかはこの身分を返さなければいけない。望月に家族がいるのなら、その死を知らないままでいるのは申し訳ないことだとも思っている。

望月流の本当の家族を調べながら、借りた戸籍を返した後、自分がここで生きられるように、神田は戸籍と国籍の取得方法を探してくれている。

そのために、時々生い立ちを尋ねられた。

母の名、しばらく一緒に暮らしていた男の名…アパート名。そんな質問に記憶をたどり、時々思い出話になる。

母がいなくなった経緯を話した後だ。神田は、それまで財布を預けて買い物を任せてくれていたのに、お金を渡さなくなった。

代わりに、どんなに疲れていても帰宅してひと眠りすると〝買い物に行こう〟と言う。

神田が、金を渡して放置していた母の行為と自分をだぶらせて、気を遣ったのだとわかる。

——おれは、そんなの気にしないのに…。

いいのに…と思うけれど、そうやって気遣われるたびに心の中がじわりと温かさを増す。

そして、ひとりで買い物をするときより何倍も幸せなことに気付く。

誰かと〝何を食べようか〟と話しながら買い物をする…。それは楽しかったホステスたちとの共同生活の記憶に繋《つな》がった。

小さな妹分たちと、逞《たくま》しいホステスと、笑いあいながらカートを押し、両手に山のような買い物袋を下げて帰ってきた、賑《にぎ》やかな思い出…。

「…そうなんだよなあ」

結局、ひとりで生きていくことはできるけれど、誰かと一緒に生きていたほうが、ずっと楽しい。

「なにが〝そうなんだ〟？」

振り向くと、神田が風呂から上がっていて、バスタオルを腰に巻いたまま、別なタオルで頭を拭いている。流は立ち上がり、リモコンで室内の温度を上げながら笑った。

「なんでもないよ。ひとりごと…」

「…」

それより、まだ眠いんじゃないの？　と聞くと、神田は拭き終わったタオルをポンと投げてよこし、服を着る。

「これで十分だ。俺はお前と違って四時間眠れば十分もつ」

「頑丈だね」

日がな一日猫のように日向《ひなた》ぼっこしながら眠れる自分とは大違いだ。

ドライヤーと手ぐしでざっくり髪を乾かし、神田はグレーのタートルネックと黒いブラックスキニーで出かける支度をする。キャメルカラーのチェスターコートを羽織ると、上背があるせいか、丈のあるコートがやけにさまになった。

「出かけるぞ」

流も急いでグレーのダッフルコートを着た。

白いハイネックのニットに、前に買ってもらったグレーのチノパンという恰好で玄関に向かうと、神田は立ち止まり、部屋に戻ってマフラーを持ってくる。

「…？」

赤いフリースのマフラーがふわりと首にかけられた。

「まだ外は寒いぞ」

気難しそうな顔に、流は笑って礼を言う。

外に出ると確かに寒くて、昼過ぎだけれど、吐く息は白い。

買い物は駅前のスーパーだ。遅い朝食は途中でどこかの店に入って取ろうということになった。

「なに食べたい？」

「お前が食べたいものでいい」

和食の店はどこにあったっけ…と考えながら坂を上っていると、神田が釘《くぎ》を刺す。

「洋食でいいからな」

「でもさ…」

久々に家に帰ってきたのだから、食事くらい馴染《なじ》んだものがいいのではないかと思う。ちらりと見ると神田は坂の上を見上げながら言う。

「戻ったら家で作ってくれ。外食の味噌《みそ》汁は口に合わない」

「うん！」

ネギと豆腐を買おう、と笑うと、神田もクスリと笑った。

空気はまだ冷たい。けれど少しずつ日が延びていて、冬の終わりはすぐそこだった。

「お前の国籍な…」

振り向くと、神田はコートのポケットに手を突っ込んだまま歩いている。

「おそらく、帰化というやり方になる」

「……」

外国籍の者が日本に帰化する他に、無国籍でも日本国籍を取得できる方法があるのだと神田が教えてくれる。

けれど、やはり簡単なものではなく、必要な書類はいくつもあるし、身元の保証や五年以上の日本での居住実績、収入の証明など、望月流を名乗っている状態では難しいものがほとんどだ。

無理なのではないか…表情を曇らせると神田は当たり前の顔をして言う。

「国籍取得は、どんな人間でも数年かかる。手続きが面倒なのは皆一緒だ」

ぽん、と頭を撫でられる。

「書類は俺が作る。時間はかかるが、数年の辛抱だ」

自分にできない面倒なことをさせるのが申し訳ない気がする。流は少し俯《うつむ》いた。

「…ごめん。ありがと」

神田がにやりと笑った。

「しおらしいじゃないか」

からかう口調に軽くパンチを食らわす。神田も面白がってそれを避け、じゃれあっているうちにいたたまれなさは消えた。

◆◆◆

数日後、流は久々に歌舞伎町に行った。

神田はもう次の事件を追っていて、あと数日は帰れないというので、気晴らしも兼ねてだ。

よく晴れていて寒いけれど、ぼわっとするほど暑い地下を歩いてきたせいか冷えた空気が心地よい。

平日の昼間の歌舞伎町は観光客で賑わっている。メインの通りは量販店から音楽が流れ、映画館に向かう若者や自撮り棒を持って歩く外国人が楽しそうだ。流はそれを眺めながら、歌舞伎町の奥にある自宅兼事務所のビルに向かった。

細い一方通行の道路に面していて、一階は不動産屋だ。横にある狭くて急な階段を上って、三階に着いた。

「……」

廊下の窓からは白っぽい光が差し込んでいて、うっすら埃《ほこり》が溜《た》まった床が明るい。流は鍵を差し込み、少し様子を見てから鉄扉を開けた。

「――なんだ、壊れてないじゃん」

擦《す》りガラスの窓は閉め切られていて、窓の内側から貼ってある不動産屋の文字が影を落とす。青緑っぽいマーブル模様のブロック床はところどころ端が欠けているが、これは昔からだ。奥の壁際に積まれた段ボールは若干ひしゃげているが、丁寧に乗せなおした形跡がある。

流は中に足を踏み入れ、壁に触れた。

「塗りなおしてある……」

素人臭い刷毛《はけ》跡がある。よく見るとその下がぼこぼこしているから、壊れたり崩れたりしたところをパテ盛りか何かで埋めてから塗ったのだろう。白っぽいペンキのせいで、むしろ以前より部屋は明るかった。

ぐるりと見回す。オフィスの給湯室のような簡易な流し台は真新しいステンレスになっていた。おそらく、取り替えられたのだと思う。置いてあったはずの布団と若干の着替えは見当たらず、昔電話番を引き受けていた電話機もない。流は、流しの壁にセロテープで貼られた四角いメモ紙を見つけ、近づいて剝《は》がした。

電話番号が書いてある。

「……」

かけてみると、出たのは聞きなれた声だった。この倉庫を貸してくれた社長だ。

「今井《いまい》さん」

『おう、流か。戻ったのか？』

身体《からだ》は大丈夫か、と聞かれた。

『いろいろデカやらおまわりやらにお前のこと聞かれてよ。なんか、大変だったな』

花園《はなぞの》神社で発砲があったため、この界隈の人たちはうっすら中野《なかの》の事件を知っている。社長はあまり細かく突っ込まずに、ただ怪我の様子を心配してくれた。

「おかげさまで、おれは大丈夫です。それより、部屋…すみません」

『ああ、ちょっとなおしといた。めちゃくちゃにやられてたからよ』

服や食器類はズタズタにされていたので捨ててくれたのだそうだ。後始末をしておいてくれた社長に礼を言うと、酒焼けした声の社長が豪快に笑う。

『やったのは黒嶋会《こくとう》だってな。あとで俺のとこにも詫《わ》びが来たぜ』

「え…」

『あそこの先代と俺の親父《おやじ》は、昔飲み仲間だったんだよ』

どうりで、組長がわざわざ代理屋ごときに挨拶に来るはずだ。後で誰の所有物件か知って、きちんとスジを通したのだろう。考えながら相槌《あいづち》を打っていると、社長は笑いに紛らわせて静かな口調で言う。

『お前も災難だっただろうがな…戻ってくるんだろう？』

ここに戻るか、と問われると否とも応とも答えられない。

神田のところにいることは、梨々華しか知らない。神田は、先はどうなるかわからないが、今はずっと一緒に暮らさせてくれるつもりだろう。

帰化が無事にできたら、仕事は自由に選べる。もう、この風呂もついていない倉庫に寝泊まりする必要はない。

それでも、自分でこの場所を捨てられるかというと、返事はできなかった。

この場所を、ここで生きている人たちとの関係をすべて切って、新たな人生を選ぶ…。

——樹里亜たちが、そう望んだように。

それを、自分はしたいだろうか。

通話の向こうに、流は取り繕うように笑って言った。

「まだ、手術が残ってるんで…今はまだ、仕事できないんですけど……」

決まっていることだけを答え、流は改めて礼を言って通話を切った。

「……」

がらんとした景色。何もなかった人生を象徴するかのように、思い出となるようなものはない。流は手のひらの鍵を眺め、息を吐いてからもう一度ドアを閉めた。

そのままなんとなく新宿をぶらついた。家電量販店を眺め、本屋を覗《のぞ》き、百貨店の催事場をひやかして暇をつぶし、帰宅ラッシュが始まってから引き上げる。

陽が延びたとはいえ、まだ日暮れは早い。山手線のガラス窓からはビルと看板のネオンが煌々《こうこう》と光り、コートやダウンで着ぶくれた人たちに揉《も》まれて、流は目黒《めぐろ》駅に戻った。

コンビニで自分の食事だけ買って帰ると、マンションは明かりが点《つ》いている。

「…あれ？」

靴を脱いでリビングに行くと、神田がソファに座っていた。ひじ掛けを背に、ソファの上に足を投げ出していて、膝にはタブレットＰＣがある。

「帰ってきたか」

「…明後日《あさって》、戻ってくるんだと思ってた」

ソファテーブルにビニール袋を置くと、私服の神田がタブレットをたたむ。

「諸事情で一時凍結になったんだ。帰れるときに全員帰宅になった」

「そうか…」

「食事を買ってきたのか？」

「…あ、うん。ひとりだと思ってたから」

慌ててコートのポケットからスマートフォンを取り出すと、神田からのラインが来ていた。ちゃんと、〝夕食までには帰れる〟と教えてくれている。

「…ごめん、今見た」

謝ると神田は笑って流の頭を撫でる。

「三日後だと言っておいたからな。何を買ってきたんだ？」

がさごそ袋を開けて見せると、笑っていた顔をしかめて説教をかまされた。

卵のサンドイッチひとつだ。

「どうせそんなことだろうと思ってたが、お前、俺がいないときは食事に手を抜くだろう」

「…そりゃあ」

自分ひとりの分など、わざわざ作るわけがない。けれど、抜き打ち検査の結果で叱られる。

「ちゃんと食え。作ってやる」

神田はタブレットPCをテーブルに置き、キッチンに行く。ストック棚からいろいろ取り出し、手際よく料理を始めるのを、流は呆《ほう》けて眺めていた。

夕食には、ワインと豪華なシチュー、サラダが出てきた。


「料理上手《うま》いね」

ダイニングテーブルではなく、ソファのテーブルに料理を運び、熱々のトマトシチューを食べながら感動すると、神田は当たり前の顔をする。

「食材費を渡すから、いくらでも練習していいぞ」

キッチンの壁には、三段のスパイスラックがあり、調理器具はなんでも揃《そろ》っている。ストック棚には一度も食べたことのない変わった食材の缶詰がいくつもあった。神田はあまり家に帰らないのに、ここのキッチンは充実している。

「……料理が趣味なわけ？」

しげしげとカウンターキッチンのほうを見ると、神田は少し苦い顔をした。

「昔の彼女が置いていったものだ」

——そうだよな。男の一人暮らしにしちゃ、揃いすぎてる。

暮らし始めた頃から、不思議だったのだ。この家はまるで最初から二人で住むことを前提にしてあるかのように、食器からリネン類から二セットを基準に置いてある。

黙って見ていると、神田はワインをグラスに注ぎながら自分から話し始めた。

「彼女というか、婚約者だな」

このマンションは、結婚のために祖父が譲渡してくれたのだという。神田はいつもの苦い顔をさらに苦くした。

「お互いまだ若くて、結婚というのを、わかっていなかったんだろうと思う」

警視庁のキャリア組だ。今でもそうだが、土日の休みなど約束できないし、何日も帰れないことがある。

「俺は、代々警察勤めの家で育ったから、そんなものだと思っていたんだが、一般家庭で育った女性には考えられないことだったんだろうな。結婚準備の段階からいろいろすれ違って…」

「……」

女性のほうから破談を申し入れてきたらしい。

黙った神田に、流が顔を覗き込む。

「昔って、あんた何歳？」

「…三十だ」

「げ、オヤジ」

「そんなに変わらんだろうが」

渋い顔をした神田を笑う。神田は煩《うるさ》いと怒るが、本気ではない。けれどそうやってからかいながら、流は神田が何故《なぜ》自分を気遣うのか、わかった気がした。

――前の彼女のときは、放っておいたのかもな。

わかってくれるはず…と言葉にせずにいるうちにすれ違う。家庭を持とうとまでしていた相手だ。いざ去られてみると、やっぱりショックだろう。

誰かを傷つけて、初めてそれがやってはいけないことだったのだとわかる。

――本当は、その人ともう一度やりなおせたらいいんだろうけど。

ふと目が合ったので、流はにこっと笑ってみた。

「その彼女もさ、今頃後悔してるかもよ。こんないい男、別れなきゃよかったって」

神田が苦笑する。

「もう別な奴と結婚している。二人の子持ちだ」

リアクションに困ると、くしゃっと頭を撫でられた。

「余計な気を遣わなくていい。終わった話だ」

「でもさ……」

「……俺も、今思えば本気ではなかった」

就職先に合わせて住まいを変えるように、この先の仕事人生のために、早めに結婚という行事を済ませておこうという気持ちが強かった、という。

「相手からしたら失礼な話だ。しかも見合いだったしな」

「見合い！　今の時代に？」

「……減っただけで、普通にあるぞ」

「そうなの？」

流は目を丸くする。

「あんたの家って、やっぱりすごいうちなんだね」

「それほどではない」

「だってさ、代々警察官なんだろ？」

「まあな」

話したがらない神田にあれこれ突っ込むと、祖父は警視総監を務めたことがあると白状した。

「すげー」

「…あまりいいものではないぞ」

神田はワインを注ぎ足す。流ももらってちびちびと飲んだ。

「親がそれだと、当たり前のように職業が決められる。俺の父親はそれを嫌がった口だ」

血縁関係が重視される部分があるから、神田の息子だとなると、最初から出世街道だ。父親は親の七光りを嫌って、わざわざノンキャリアでスタートした。

「当然、祖父は激怒した。その上、現場で殉職して…」

流は言葉を失った。神田はクスリと笑う。

「そんな顔をするな。この仕事に就く以上、誰にでもある可能性だ」

「…そう、なんだろうけど」

それでも、神田が父親を失ったことには変わりない。神田は酒の肴《さかな》のように思い出話をした。

「父親が死んで、女手ひとつで三人の子供を育てるのは大変だろうと、祖父母が同居を申し出た。それで目黒に引っ越してきた」

経済的な心配は何もなかった。祖父母と家政婦がいて、兄弟三人と母と、寂しさを感じることもない。

「小学生の頃、家で〝将来何になりたいか〟という話になったんだ」

まだ、そんなにはっきりしたものを考えてはいなかった。

「ただ、祖父はきっとそう望んでいるんだろうなと思って、喜ばせるつもりで〝警察官になろうかな〟

と言ったんだ」

それを聞いて、日頃厳格で表情を崩さない祖父が涙ぐんだ。

「〝よい孫を遺《のこ》してもらえた…〟と泣かれるとな…」

神田は少し困ったように笑う。

「軽い気持ちで言うもんじゃなかったと思う。それで、俺の将来は決まってしまった」

祖父の期待は大きく、早くに亡くなった父親の分まで背負って、神田は警察大学校を経てスピード出世のレールに乗った。

「実際、祖父の名は今でも影響がある」

殉職した父親は二階級特進となっていて、やはり警察一家の血筋は強いのだそうだ。

「……ほんとは、なりたくなかった？」

「いや…」

窮屈な、選べない人生だったのか、と思って聞くと、神田は意外にも穏やかな顔をした。

「強制されなくても、おそらくこの道を選んだんだろうな」

「……」

「俺は、最終的にはどんな選択をしても、進むべき道にたどり着くものなんだと思っている」

「なんだよ、それ」

ワインを傾けながら、神田はソファから窓の外を眺めた。カーテンはわざと開けてあって、部屋の明かりが反射しているけれど、なんとなく外が見えるのが気持ちいい。

「もし俺が刑事に向いていなかったら、たとえ目指していても違う道に行くことになっただろう。逆に他にどんな職業を選ぼうと、向いているならきっと最後にはこの仕事に戻っていたと思う」

運命論者ではないがな、と付け加えて神田はグラスを飲み干した。

「…そうだよな」

向かい合わせていた席から、隣に移動して顔を覗き込む。

「あんたがサラリーマンで営業とか、魚屋のおっちゃんとか、まったく想像つかないもんな」

「…バカ」

グラスをテーブルに置き、抱きこまれた。流はそれに逆らわず、とん、と胸に頭を寄せる。

悩んでいるせいか、神田の話をつい我が身に置き換えてしまう。

自分には、どんな道があるだろうか。

「…おれは、どんな仕事してそうに見える？」

「？」

「……おれのたどり着く仕事って、なんだろう」

いろいろな人の役を演じてきた。〝望月流〟の役もだ。

「おれは、もし望月の名前を返したら…ただの〝リュー〟になったら、何ができるんだろうかって思ってさ」

学校にも行ったことがない。読み書きはできるが、歌舞伎町という狭い世界でしか生きてこなかった。

いつまでも、代理屋稼業でいていいのか…。

「…お前が〝リュー〟に戻るまでは、だいぶ時間がある」

それまで、じっくり考えてもいいと思うぞ…とアドバイスをしてくれながら、神田は望月本人のことを教えてくれた。

その問題も残っている。神田が煙草《たばこ》に手を伸ばした。

「望月流の実家は富山《とやま》だ。父親は死んでいて、七十九になる母親がひとりで暮らしている」

望月はずいぶん高齢になってから授かった一粒種だったらしい。田舎《いなか》の山村で甘やかされて大事に育てられ、本人の望むままに都会の大学に進んだ。

「監視のない一人暮らしと潤沢な仕送りで、身を持ち崩したようだ。大学二年から、ほとんど通学していない」

単位を落とし、学業から遠ざかり、卒業できない恰好悪さから、実家にも帰らなかったようだ。神田が地元警察を使って調べさせたところでは、母親は今でも息子は元気に暮らしていると信じているらしい。

驚いていると、神田が煙草に火を点けた。

「電話はまめにしていたらしい」

大学を卒業した。無事に就職先が決まった…と耳触りのいい報告をし、母親はそれを周囲に自慢げに話していたという。

「聞き込みをした巡査は〝息子は大手の商社に勤めていて、今は海外勤務で帰ってこない〟のだと聞かされたそうだ」

「…そうか……」

住む場所もなく、ネットカフェで寝起きし、違法すれすれのハーブを売って暮らしていたなど、とても言えなかっただろうと流も思った。

――帰れなかったんだろうな。

今更、何もかも駄目でしたといって故郷に戻ることはできなかったのだろう。それでも家族を捨てることはできなかったから、電話をしていたのかもしれない。

「望月流の死亡届を、正式に出すか？」

「……」

本当なら、流が勝手に望月を名乗っているとわかった時点で法的な措置を取らなければならなかったはずだ。神田はそれを、流の気持ちに配慮して待っていてくれたのだと思う。

まるで犬猫の毛並みを撫でるように神田の手が流の背中を撫でた。

「国籍の取得ができるまでは、戸籍もないままだ。だが住まいはここで問題はないし、どうしても働きたいのなら、やりようはある」

生活の心配は要《い》らない、そう教えてくれているが、流は迷った。

自分はいい。でも、そうやって架空の〝望月流〟を死なせてしまったら、その年老いた母親は、たったひとりの息子の死を通告されるのだ。

行政から知らされる、何年も前の息子の死。調べても、出てくるのは母親の幻想を打ち砕く事実ばかりだ。

誰も幸せにならない真実。けれど、いつかはこの役を、返さなければならない。

流は神田の腕を離れ、ソファに向き合って座りなおした。

「あのさ…」

「…」

「おれ、望月のお母さんに息子さんのことを知らせに行く役をやりたいんだけど」

自分の依頼で、自分の代理の役をやる。なんだかおかしな感じだけど、〝望月流〟の名前を返すために、この役をやりたい。

「富山の、どこか教えてくれる？」

「流」

笑って見つめると、神田は複雑そうな顔で煙草を揉み消した。

風呂から出て寝室に戻ると、神田は煙草を吸ってパソコンをいじっていた。流はベッドに片膝で乗り上げ、くわえていた煙草を取り上げると、蓋付きの灰皿に入れる。

「部屋がヤニ臭くなるだろ」

風呂に入る意味がないじゃん、と怒ると、神田は大人しく謝る。

「なかなか、こういうのはなおらないな」

「これも婚約者に言われた？」

「…まあな」

流は上掛けをめくって隣に潜り込む。ベッドサイドにあるおしゃれなアーム付きのルームライトが、オレンジ色の明かりを壁側に照らしていた。

神田はパソコンをサイドテーブルに置き、ごろりと横になる。

「彼女は母方の親戚の女性で、挙式を東京《とうきょう》でする関係で、結納後からこっちに来ていたんだ」

生活時間帯が違う、休日の感覚が違う、家族に対する考え方が違う…ことごとくすれ違い、式場での打ち合わせすら同席できない神田に、女性は当然不満を訴えた。

「そんなのひとりで行かせたのか。ひでーことしたな、あんた」

流は思わず同情してしまう。神田は反論せずに眉根を寄せた。

「その頃、大きな事件を抱えていて、任務だから詳細を言うわけにもいかなくて…俺も悪いことをしたとは思っている」

神田の視線が伏せぎみになる。流はその懺悔《ざんげ》のような告白を聞いていた。

——神田も、いろいろ経験を積んだから今の神田なわけで、最初からなんでもできたわけじゃないんだよな。

本人が言っていた通り、すべてが若くて未熟で、思いやるということが、できていなかったのだ。

「知り合いのいない東京で、たったひとりでこの部屋で待つというのは、辛《つら》かったと思う」

二週間帰れず、よれよれで戻ってきたとき、婚約者はもういなかった。

「〝いつ帰ってくるかわからない、あなたにその不安はわからないの〟と、責められた」

慌てて神戸《こうべ》まで迎えにいったが、彼女の決心は固く、結局よりは戻らなかった。

「俺も、父親が警察官で、いつ帰ってくるかわからない生活だった。だから、その不安はわかってしかるべきだったのに…甘えていたんだな」

仕事なのだからと勝手に理解を求めていた、と呟《つぶや》く。流は思わずフォローした。

「でも、おれはそのおかげで不安に思わなくて済んだ」

神田が顔を向けてくる。流はうつぶせで枕を抱きかかえながら、神田に微笑《ほほえ》む。

「いつも、〝何時に来る〟とか〝何時に帰る〟って、言ってくれるじゃん。おれはその人のおかげで、泣かずに済んだよ」

「…泣いただろう」

——え？

神田が少し眉根を寄せて思い出すような眼差《まなざ》しになる。

「入院したとき、俺は本当にすぐ見舞いに行くつもりだった。だが、思ったより時間が取れなくて…」

急いだものの、気付くと数日が過ぎていた。

「お前が泣くのを見て、俺は、また自分がやらかしたんだと…」

「ああ…」

詫びるように髪を梳《す》かれる。流はその手に自分の手を重ねて笑った。

涙の理由は、似ているようで違う。けれど、それは自分の胸の中だけにしまった。

あのときの気持ちは、言葉にできない。そして、神田に言うものではないと思う。

「おれは、毎日毎日食べ切れないほど見舞いをもらって、食い意地なんか見せるんじゃなかったって、反省してたよ」

退院したら太ってた、と言うと、神田は苦い顔をやめた。

「おそらく、来月なら二、三日まとめて休める。富山へは、そのときに行こう」

「うん……」

待ってるよ、と言いながら神田の脇の下めがけて顔を突っ込むと、苦笑する気配と一緒に胴を抱き寄せられる。

そうされるのが好きだ。

神田がルームライトを一段暗くし、唇を塞いだ。

◆◆◆

神田の休みが取れたのは、三月の下旬に入ってからだった。

二人とも民間の会社員という身分で行くので、流はあらかじめスーツをひと揃い買ってもらっていた。

濃いグレーの就活風スーツに、白いワイシャツと明るいグレーの水玉柄ネクタイ。あくまでも特徴が出ないように意識している。リビングで着替えていると、着慣れた茶色のスリーピース姿の神田が背後に来た。

「結び目がおかしい」

「？　そう？」

振り向かされてネクタイを取られた。

しっかり結びなおしてもらうと、確かに違う。

「さすが、慣れてるね」

「…」

神田はネクタイを手にしたまま、にやりと笑った。

「意外と、スーツも似合うんだな」

くい、と顎を持たれてキスが降る。

「ん…」

「脱がせ甲斐《がい》がある」

「…ばか」

クスクスと二人で笑った。

窓の外は、桜の蕾が膨らんではちきれそうだ。

今週末には開花になるだろう。テレビのニュースは、今日か明日かと、毎日観測地点から生中継を繰り返している。

富山までは新幹線と在来線を乗り継ぐ。東京駅は卒業旅行や海外からの観光、ビジネス客がひっきりなしに行き来していて、土産物屋《みやげ》は朝から行列を作っている。流たちは北陸《ほくりく》新幹線に乗った。

窓際に座らせてもらい、滑るように流れていく東京の街並みを眺める。

——春だなあ……。

陽光がビルのガラスに反射して眩《まぶ》しい。人も空気もみな浮き浮きしていて、普段の季節とは別世界のようだ。

息が詰まるほど圧迫してくる高層ビル群、どこまでも続くマンションとビル。窓に肘を乗せてぼんやり眺めていると、神田がちらりとこちらを見た。

「？」

「ワゴンが来るぞ」

欲しいもの選べという神田の言葉に、思わず吹き出す。

「…おれって、そんなに食うように見えるの？」

本当は、それが話しかける口実だというのを知っている。

不器用に、神田は手を伸ばしてくれる。あの山のような見舞いの菓子が、訪ねてくるための口実だったのだというのを、後から理解した。手ぶらでは来づらかったのだ。

温かい記憶ばかりが重ねられていく…。流は笑ってワゴンを呼び止め、コーヒーとクロワッサンを買ってもらった。

コーヒーだけを買った神田と、だんだん田舎になっていく車窓を眺めながらしゃべる。

「新幹線てさ、仕事のときしか乗ったことないんだ」

「…」

依頼人の郷里に夫役で行くときや、遠方での披露宴のとき、会社友人役で出席した。

「新幹線だけじゃない。私鉄とかも、仕事のおかげで初めて行った場所がほとんどだよ」

不法滞在の親子だったから、行楽地と居住区以外は行ったことがなかった。

「結婚相手の親御さんの顔合わせとかでさ、普通の家に初めて上がらせてもらって…」

戸建て住宅に入るのは、とても面白かった。

田舎の、映画にでも出てきそうな畝《うね》の続く畑、ユスリカが飛んでいる水たまり、竹林に沈む夕日。料金がどんどん上がっていく路線バス、山間にどこまでも続く高圧鉄塔。どれも、映像でしか見たことがなかった。

「学校もね、おれは通ったことがないから、保護者参観で初めて授業っていうのを直《じか》に見たんだ」

結納の席や法事、役所への付き添い…人生の節目節目の行事を見させてもらった。

「おれは、おれが体験してこなかったことを、代理屋をやったおかげで、経験できた」

少しだけれど、普通の人生をなぞらせてもらえる。

「ビジネスでもあったけど、おれは、代理をやるのは、好きだったよ」

「…そうか」

望月の戸籍を返したら、しばらくは無戸籍になる。どちらにしても仕事はできない気がした。

――これで、代理屋は終わりかな…。

最後の役を演じるために、流は富山で在来線に乗り換え、魚津《うおづ》に向かった。


魚津からさらにローカル線に乗り換え、宇奈月《うなづき》温泉駅で降り、タクシーを拾う。望月の家は、さらにダムのある奥地なのだ。

「…すごいね」

整備された道路を走るが、両側はうねうねとどこまでも山に挟まれている。

葬儀の代理出席で田舎に行くことはあるが、ここまで山深い場所に来たのは初めてだった。住所を言うと、タクシーの運転手も「ずいぶん遠いねえ」と感心した。

山沿いに三十分ほど走り、その間ずっと右下に見えていた川のほうへ降りる。鉄橋を渡って、ひと気のない千枚畳のような畑を過ぎて、ようやく家が見えた。

タクシーには、その場で待っていてもらう料金にしてもらった。ここで帰りの足を拾うのは不可能な気がする。

「数軒しかないですからね、わかると思いますよ」

「ありがとうございます。たぶん、そんなに時間かからずに戻れると思いますので」

舗装道路のところで停車していてもらい、ぺこりと頭を下げて二人で歩く。一応、ビジネスマン風に革のカバンを手にして、流はさらに風呂敷包みを持っていた。

川のせせらぎが、だいぶ上の畑まで聞こえる。山はまだ葉が芽吹かずに裸の枝が目立つが、鳥の鳴く声があたりにこだましていた。

「すげー、鳥が鳴いてるよ」

「…のどかだな」

事前に、神田が望月の母親に電話で訪問を約束している。昔話のような景色のあぜ道を歩いていると、向かいに小柄な老女の姿が見えた。

藍染の野良着に、薄いピンクの割烹着《かっぽうぎ》を着ている。三角巾のようなもので髪をまとめ、いかにも農家のおばあちゃんという感じだった。

「東京の、方ですか」

「はい、望月さんですか？」

神田がそつなく挨拶すると、望月の母親は曲がった腰で何度も深く頭を下げた。

「すみませんねえ、こんな遠くまでわざわざ……」

「いえ、こちらこそお出迎えいただいて、恐縮です」

神田の歯切れのよいあしらいのおかげで、かなり会社員っぽい感じにできている。神田が保険屋で、流が望月の働いていた商社の人間という立ち位置だ。流は感心しながら先導する老女に続いた。

「どうぞ、ぼろ家ですが…」

「お邪魔いたします」

背後まで木々が迫った家の玄関をガラガラと引いて開けてくれる。赤いスレートの屋根で壁は昔ながらの木造モルタルだ。

土産の人形やカレンダーが飾られた靴箱。平屋建てで、廊下の奥は台所に続いている。流たちは招かれて居間に入った。

「お寒かったでしょう。どうぞ、今お茶を淹《い》れますから」

「あ、いいえ。おかまいなく」

女性はいそいそとガラスのはまった木製の引き戸を開け、台所に行ってしまう。二人はどう座ろうか悩んで、こたつの前に並んだ。

長押《なげし》にはご先祖と思われるモノクロの遺影がいくつも掲げられている。触るとポロポロ崩れる砂壁、こけしやガラスのコップがいくつも収められている茶簞笥《ちゃだんす》。レースのカバーがされているファックス付き電話と液晶テレビが一番最新の品で、あとは絵に描いたような田舎の居間だ。

こたつの下にはホットカーペットとキルトのカバーが敷かれており、床の間だと思われる場所には仏壇があった。位牌《いはい》は、おそらく望月の父親だと思う。

「すみませんねえ、本当に、こんな遠くまで…」

一人暮らしの老女が、盆をカタカタと揺らして湯呑《ゆのみ》を運んできてくれる。手元が危なくて、流は立ち上がってそれを代わりに受け取った。

女性は正座ができないから、と小さな籐《とう》の座椅子《ざいす》に腰かけた。

「年を取ってしまいましてね、もう、膝がいけませんので、それで、東京にも行けなかったのです」

「ええ、そうですね」

東京は遠いですから、と愛想を返すと、老眼鏡をかけ、真っ白な髪を薄く残している望月の母親がため息をこぼした。

「行こうと思ってたんですよ、ずっと……」

「……」

神田に、アポイントを取りながら様子を探ってもらい、あらかじめ話しておいたほうがよいだろうという判断で、望月の死を伝えた。

今日は、その詳細と手続き関係の説明に来ている。

老女は眼鏡《めがね》の下から手ぬぐいを目元に押し付けるようにして、長いこと嗚咽《おえつ》していた。流はその間、じっと見守っていた。

「……元気で、やってるって、電話をくれていて」

それは、四年前のことだ。

「仕事も、すごいのを任されたんだって……忙しくて、帰れなくて…ごめんねって……あの子は」

ずっと、音沙汰《おとさた》がないのは仕事が忙しいからなのだと、思い込もうとしていたように見えた。

年齢のせいだけではないと思う。

――この人は、信じていたかったんだ。

もしかしたら、自分から電話をかけたこともあったかもしれない。繋がらない電話に不安はあったのではないだろうか。

だから、目をそらしていた。ずっと、息子は元気でいると思っていたかった。

「どうして死んだんでしょう……流は…どうして……」

言葉を途切らせて咽《むせ》ぶ母親に、流はゆっくり語り掛けた。

「お母さん…」

これは自分の役だ。

神田はもうただ横で見守っていてくれる。流は商社のビジネスマンらしく、きちんと整った笑みを浮かべた。

「望月君は、本当に優秀な社員でした」

老女はつぶらな目に涙をあふれさせ、黙って顔を上げる。

「仕事もできて、女子社員にも人気がありました」

架空の思い出話をする。老女は、自分の知らない〝都会の息子〟の話を、瞬《またた》きもせずに聞き入っていた。

「本当は本社で活躍してほしかったのですが、バンコク支社に駐在してもらっていて」

望月流は、海外に転勤をしていて、そこで交通事故を起こしたことにした。

「不幸なことに、事故の状況としては、望月君のほうが不利で…」

事故に巻き込まれた相手の補償に、多額の費用がかかったと説明する。老女は金のことを持ち出すと、とたんに不安そうな顔をした。

「労災の適用外ですし、本当は望月君個人が賠償するものなのですが、ご本人が亡くなられているのに、それをご遺族にご負担させるのはあまりにも酷だという社の判断で、この件は弊社のほうで清算いたしました」

遺体の空輸には大変な金額がかかること、損傷が激しく、現地で荼毘《だび》に付さねばならなかったこと、本人にかけられた保険金はこれらの処理ですべて使ってしまったのだと説明し、分骨しかできなかったと、風呂敷包みを開け、小さな手のひらサイズの壺《つぼ》をこたつの上に置いた。

「お力になれず、恐縮ですが…」

「…流………」

皺《しわ》だらけの手が伸びて、小さな壺を撫でる。流は自分の名を呼ばれたようで、胸が痛んだ。

中身は骨ではない。うっかり開けられては困るので、固く密封してある。

「弊社としても、本当に望月君の死は残念でなりません」

母親は、小さな壺を握りしめ、返事もできずに泣いた。

事前に地元の警官から聞いている情報では、彼女はもう役所の手続きも自分ではできず、訪問ヘルパーに助けられて暮らしている。

こんな嘘《うそ》を話すことが、いいことかどうかは自分でも自信がなかった。けれど、少なくともヤクザの抗争に巻き込まれて、死体すら見つからないという事実よりはマシなのではないかと思う。

望月流の母は、何度も手ぬぐいで涙を拭き、遺骨を届けてくれた礼を言った。

「…本当に、何から何まで…会社の方にやっていただいて………」

「いえ……」

死亡証明など、神田がひと揃い整えてくれた書類を差し出す。女性は、自分がこの後何か手続きをしなければならないのかが心配らしく、何度もそのことを聞いた。

「大丈夫ですよ。すべて東京で済ませましたから、後は、何もしなくて大丈夫です」

「……ありがとうございます……ほんとうに……」

こういう難しいことはわからなくて…と頭を下げ、いとま乞いをしようとすると、泣いて引き止める。

「…息子は、会社ではどんなでしたか」

「お母さん…」

「…流のことを知っている人の、話が聞きたいんです」

もうここまで来てくれることはないだろう。頼むから聞かせてくれ、と縋《すが》られ、流は一生懸命記憶の中を探した。

「…望月君は……そうですね。会社では、よく紅茶を飲んでました。コーヒーより紅茶派だと言っていて」

——こんなのでごめん。

仕事の内容など、さすがに空想でも思いつかない。

「ああ、そうですよ。あの子は苦いのが駄目なんです」

ミルクティが大好きだったのだと老女は懐かしそうに言う。

「そうですよね。見るといつも缶のミルクティを飲んでて」

ネットカフェと、安いラブホテルと、ほんのわずかしか話さなかった過去から、流は母親の望む思い出を語ろうとした。

「財布は、茶色の革のやつを使っていて、いつもレシートがパンパンで…」

捨てないんですよね、と言うと、片付けのできない子だったと母親は涙目で笑った。

――笑うと、やっぱり望月に似てるな。

だらしない生活をしていたけれど、どこか憎めなかった。その面差しがこの女性から垣間見《かいまみ》える。

「望月君は、優しかったですよ」

今になると思い出す。代金を負けろと言いながら、こちらの懐が寂しくなると、買うから、と声をかけてきた。

セックスが目的だったことは本当だけれど、彼なりに、様子を気にかけていてくれたのだと思う。

「お人好《よ》しで、金もないのに人助けをして…」

うん、うんと聞き入る母親に、望月のよさを話したかった。

「最後に…あ、事故のときですけど、そのときも、自分ではなく相手のことを心配していて…」

――本当にいい奴だった。

「…生きて、ここに帰ってきて、お母さんに会ってほしかったです」

最後は、取り繕うこともできず、本音を漏《も》らした。

大学を中退する駄目な息子でも、就職できなかったドラ息子でも、きっとこの母親にとっては、生きていてくれるだけでよかったのではないかと思うのだ。

いつまでも話を聞きたがる老女に、神田が帰りの電車の都合があることをさりげなく言った。

「…すみませんね。お引き留めしてしまって」

「いえ…」

ではこれで、と頭を下げたとき、流はカバンから茶封筒を出した。

「これは、保険金の残りです。これしか残らなくて申し訳ないですが」

望月の母親は、現金だとわかると、ありがたそうに両手で受け取った。

「すみません、本当に…」

「いえ、では、僕らはこれで…」

見送るという女性を玄関で押しとどめ、流と神田は何回か振り返って頭を下げ、望月の家を後にした。

待たせていたタクシーのところから振り返ると、母親はまだ玄関で手を振っている。

隣の家まで十分以上ある、わずか数軒の集落。こんなひっそりした場所で、この女性はこれから骨壺を抱きしめて暮らすのかと思うと、寂しい気持ちになって、流はもう一度深く頭を下げてからタクシーに乗った。

◆◆◆

駅までの帰り道、タクシーの運転手から、魚津では蜃気楼《しんきろう》が見られるのだと教えてもらった。

「ちょうど今の時期だけ見れるんですよ」

「見に行こっか。どうせ時間あるし」

「…そうだな」

電車は二、三本遅らせても大丈夫だ。東京行きの最終には余裕があるし、遅くなったときのために、神田が富山や金沢《かなざわ》での宿泊も考えてくれている。

魚津港がビューポイントだと聞いて、そのまま魚津駅まで走ってもらった。

ロータリーでタクシーから降りると、外は暑いくらいの陽気で、駅から出てきたカップルが〝蜃気楼、出てるってよ〟とはしゃいでいた。

ラッキーだね、と笑って港に向かって歩いていると、神田が低く言った。

「さっきの…あれは黒嶋会にもらった金だろう」

「あー、まあ…」

「気前よく大盤振る舞いして…いいのか？」

眉間に皺を寄せる神田に、流は笑う。

「だってさ、おれにはあってもしょうがない金じゃん」

「事務所の修繕が必要だろう」

「あれ？　あれはもう大家さんがなおしてくれてたんだよ。だから本当に要らないんだ」

「……」

現金で渡す保険屋なんかいない…と神田はぶつくさ言ったが、もう渡してしまったものは仕方がない。取られるならともかく、金を渡されて嫌がる人は少ないだろう。

お詫び、と言えばいいのだろうか、望月の母に、長らく息子の死を知らせなかったことに、心が咎《とが》めていたのだ。

望月の名を借りて生活させてもらったことの礼と、詫びをあの金で示したかった。

——それに、おれに大金なんて、あってもどうにも落ち着かないし。

手が離れてホッとした。そう言うと神田は呆《あき》れた顔をする。

「ちゃんと、仕事して稼ぐよ」

「…代理屋は、まだやるのか？」

「…」

迷っていたことだ。今回を最後にするつもりだった。けれど流は結論をあいまいにした。

「そうだね。もし、また誰かから頼まれたら…」

「面倒ごとには首を突っ込むなよ」

「わかってるよ」

振り返って笑うと、神田の手が伸びて頭をぐりぐりと撫でられる。

「ハウスキーパーとしての給料もちゃんと払う。だから、余計な気は回すな」

「……うん」

なだらかな道をしばらく歩くと、海岸線が見えた。

「海だ！」

汗ばむほどの日差しが暑いが、海風は心地よく冷たい。遠方は陽炎《かげろう》のように揺れている。

青い空も青い海も境界線はあいまいで、海面はビーズをちりばめたように陽光できらきらと反射していた。

二人で、海を前に佇《たたず》み、春霞《はるがすみ》に揺れる景色を見る。

「すげー、やっぱり水平線て曲線になるんだね」

「ああ…」

周囲に高い建物がなく、向こう岸まで富山湾を一望できた。

「…あ、蜃気楼って、あれ？」

遠くに、白い大型タンカーが見える。陽炎の向こうで、船はまるで空に浮いているかのようだ。眺めていると、神田は隣で肩に手を置いた。

「そうだな」

海岸沿いの道路には、同じように蜃気楼を指さしてはしゃぐ人々の姿が見えた。

波音に混じって、すごーい、と歓声が響く。

「魚津港は、昔から蜃気楼が見える名所らしい」

「……そうなんだ…」

記念写真を撮っているのは、さっき駅で見たカップルだ。ちょうど樹里亜くらいの年齢で、旅行に来ているような感じがした。

親子や、偶然車で通りかかった地元の人、学生、友達同士…みんな春先にしか見られない珍しい光景を前に賑やかだ。

「……」

流はうららかな日差しの中に浮かぶ幻の船を見つめた。

海の向こうに、夢の暮らしを願った中野たち。

「あの向こうに、行きたかったのかな」

「流…」

「……なんで、みんな幻だってわかってるものを、見たがるのかな」

あそこに行っても、船はない。どんなに近くまで行っても、触れることはできないのに…。

言いながら、蓋をしていた感情が込み上げる。

「なんでだろう、なんでそんな……」

神田がそれを遮るように、流を引き寄せて抱きしめた。

「…もういい、しゃべるな」

「……っ…」

神田のジャケットを握りしめる。海風が吹き抜けていって、神田の手が温かくて、心が痛い。

「…お前のせいじゃない」

海の向こうに憧れた中野と樹里亜…。

ずっと、心の隅にこの気持ちがあった。

彼らが叶《かな》えられなかった夢と、自分ひとりだけが幸福になってしまった申し訳なさで、目頭が熱くて痛い。

「おれだけが、幸せで…」

神田が抱きしめたまま頰《ほお》を寄せる。

「泣いてもいいぞ。どうせ、誰も気にしない」

涙で視界が揺れた。

顔を上げると、神田が切なそうな目をする。

「黙って泣かれるほうが、俺は辛い」

叶わない夢を、追わずにはいられない。

中野を、樹里亜を、望月を、母を…今の自分が幸せであればあるほど、幸せにしてやれなかった誰かのことを想ってしまう。

「死なせたく…なかったよ……」

「そうだな」

「おれ、助けたかった」

「…ああ」

流は声を上げて泣いた。

春の海が優しく波音を響かせる。

きらめく陽光の中で、流はいつまでも神田の胸に顔を埋《うず》めていた。

あとがき

こんにちは、逢野冬《あいのとう》です。お読みいただきありがとうございました。

書き始める前、歌舞伎町とその周辺をロケハンしたのですが、実は日頃からちょいちょい自転車で駆け抜けており…(笑)。

終電が過ぎたあたりの、煌々とした不夜城の賑わいも歌舞伎町らしくてよいですが、私にとって一番印象が強いのは、朝五時台の風景です。

灰色のアスファルトが朝陽に光り、大通りには大量のごみ袋と、納品業者のトラックやカラスの姿がある…。飲み明かした人や接客明けのお嬢さん方、先輩の帰りを待って縁石に座り込む下積みホスト。化粧を落としたような素顔の街を、自転車で通り過ぎながら眺めていました。

今は引っ越してしまい、もうその時間に歌舞伎町を通ることはないのですが、リアルな街の息遣いを感じられたことは、とても貴重な経験だったと思います。

担当様には今回も大変お世話になりました。ありがとうございました。そして麻生海《あそうかい》先生、美しいイラストを本当にありがとうございます。

ご感想などいただけましたら幸いです。

逢野　拝

この本を読んでの
ご意見・ご感想を
お寄せ下さい。

〒151-0051
東京都渋谷区千駄ヶ谷4-9-7
(株)幻冬舎コミックス　リンクス編集部
「逢野《あいの》 冬《とう》先生」係／「麻生《あそう》 海《かい》先生」係

リンクス ロマンス

代理屋 望月流の告白

2017年1月31日　第1刷発行

著者……………逢野《あいの》 冬《とう》
発行人…………石原正康
発行元…………株式会社　幻冬舎コミックス
〒151-0051　東京都渋谷区千駄ヶ谷4-9-7
TEL 03-5411-6431（編集）
発売元…………株式会社　幻冬舎
〒151-0051　東京都渋谷区千駄ヶ谷4-9-7
TEL 03-5411-6222（営業）
振替00120-8-767643
印刷・製本所…株式会社　光邦
検印廃止

ISBN978-4-344-83899-4 C0293
Printed in Japan

幻冬舎コミックスホームページ　http://www.gentosha-comics.net